蚁幻

吕思岑 著

文化发展出版社
Cultural Development Press

/序/

吕思岑是我的“忘年交”，是电影《我们诞生在中国》年龄最小的影评者之一，他的文笔给了我很深刻的印象。他年仅12岁，却已得到了国内著名出版巨头磨铁图书的赏识，成功出版了自己的第一本书。这让我感到惊喜，在我看来，这是他精彩人生的一个崭新起点，未来充满希望。他以亲身经历、生活为题材，创作了这部极具想象力的动物幻想小说。此作品语言诙谐幽默，故事可爱温馨，充满了童趣，充分展示了一个小作者的才华，这让我想起了一句古话：“虎豹之子，虽未成文，已有食牛之气。”

本书由两个故事构成。第一个故事以两只巴西龟四处探险、旅行为背景，讲述了巴西龟灿与蝶的生活、友谊和爱情。小说以它们在生活中不断地探险为主线，描述了它们结识好友、打败敌手、与人类结伴旅行等跌宕起伏、扣人心弦的情节，真实地再现了在残酷的亚马孙雨林的大环境下，小动物们生存的艰难，以及人类对动物的不同态度。第二个故事则是作者用他那天马行空、无拘无束的想象力创造出来的神奇蚂蚁王国的故事，主人公蚂蚁王族后裔伊莱金参加了来自微观世界的一场史诗般的、跌宕起伏的蚂蚁世界之战。故事真实地还原了古战场的战争场面，创造了具备海、陆、空三军实力的蚁族军事强国的宏伟世界。在血与火的战争洗礼中，娓娓道来了主人公伊莱金不平凡的成长励志故事，催人奋进。

我读完了这本书，被作者丰富的想象力所打动。可以看出书中对于丛林、乌龟及蚂蚁王国的生动描写，应该是源自作者对生活及旅行细致入微的观察和脑洞大开的想象。

陆川

（著名导演、编剧、制片人，代表作品：《可可西里》《南京！南京！》《王的盛宴》《我们诞生在中国》等）

/ 序 /

读大片

《蚁幻》是吕思岑近期才完成的大作。读《蚁幻》就如同看好莱坞大片。小说以两个蚂蚁帝国从边境冲突升级为全面战争所经历的壮丽恢宏的战斗过程为主线，展开了错综复杂的派系斗争，浓墨重彩地描绘了结交战友、探险奇遇，以及两强对峙等精彩的场面和情节。故事扣人心弦，真实地还原了古战场上的奇特兵器、睿智的谋兵技法，甚至创造了具备海、陆、空三军实力的蚁族军事强国。在血与火的战争洗礼中，描述了主人公蚂蚁王族后裔伊莱金不坐享荣华富贵、不甘平庸地投身卫国战争的成长励志故事。

我读过吕思岑的小说、诗歌、散文等不同体裁的很多原创作品。说实话，真不敢相信他小小年纪就能有这种驾驭文字和故事的能力，而且会很多类型。吕思岑痴迷于自然万物，想象丰富、思绪飞扬，每一个物种在他眼里都是取之不尽、用之不竭的创作源泉。原创动物小说《甲胄世界》、历史小说《半壁江山》、探险小说《蚁幻》在孩子眼中就是好莱坞大片。

吕思岑天资聪颖，百伶百俐。好几次和吕思岑交流，发现他知识面很广，上知天文，下知地理，除创作小说特别出众外，琴、棋、书、画及语言表达几乎样样在行，真的是一名不可多得的少年文艺天才。

我和吕思岑爸爸吕志刚是好朋友，吕志刚是大作家，国内著名金融畅销书作家。而吕思岑则是写动物和探险小说的少年作家。很多人以为吕思岑之所以有今天，与他爸爸有关，其实不然，父子俩的创作领域和风格截然不同，顶多有基因传承。吕思岑纯洁可爱，真心可鉴。3岁识字，4岁读报，5岁看图编故事，从小就痴迷阅读，至今看了几百本书，十分热爱写作，10岁开始写小说、影评、诗词等。可以看出他有今天的成绩，与他平时的积累密切相关。因此一个人要想卓越，必然得付出汗水和努力。吕思岑因成绩出众，去年2月被四川省青少年文联破格吸纳为文学专委会委员，成为年龄最小的委员，是位名副其实的少年作家。

其实在吕思岑的眼里，“作家”两个字跟利益无关，也跟身份无关，只是一种鼓励、一种自信、一种兴趣。它可以让吕思岑更有自豪感和自信心，更加自觉地在兴趣这个最好的老师的引导下去读书、去学习、去成长，感受文学之美。

我们希望有更多的小朋友像吕思岑小作家一样喜爱文学，热爱大自然，在生活中仔细观察，认真创作，多出作品。更期待吕思岑有更多的作品问世，成为新生代大家，成为超过他父亲吕志刚的大文豪。

是为序。

四川省青少年文学艺术联合会执行主席

四川省作家协会会员

袁亮

·目录·

蚁幻

甲胄世界

蚁幻

/序/

2016年暑假，我观赏了影片《霍比特人》。

我个人认为，这部影片是最大胆的魔幻片。

它的许多内容是普通人不敢想的，巨怪、食人魔、半兽人，它们无不令人叹服叫绝。

这部影片又是刻画人物最细致的魔幻片，它写出了中土世界各类人种的爱恨情仇，以及恢宏的战争场面。同样，它也蕴含了许多哲理。

人，不可以没有勇气，剧中矮人之王面对凶暴的敌人而毫不畏惧，勇对破坏和平的敌人，最后杀死敌酋而身负重伤笑对死亡的精神是令我钦佩万分的。

占领矮人家园的巨龙史矛戈本性过于贪婪，哪怕它的财宝被偷走一丁点儿，它都会追究到底。但是最终让它走向灭亡的还是它的自大、骄傲。时代变了，当今时代再也不是它掠过长空喷吐火焰就能奴役别人的时代了。它并没有意识到，依然固执己见，最后挥舞着巨大的翅膀飞向不归路。

矮人国国王，原本是一个抱着家仇国恨去重建家园的人，也曾经拥有过伟大的信念和视死如归的勇猛，但他打败巨龙史矛戈后，也和其他人一样被遍地的宝藏蛊惑了。当矮人、精灵、人类联军为他誓死奋战时，他却加固城门，守护着宝藏。直到他看见自己被遍地宝藏吞没的幻象后，才幡然醒悟，扔下皇冠，冲出城去对半兽人大军发起最后一场大战。

勇气造就财富，财富毁灭勇气。

同时，正与恶的战役激发了我的思考。

因为正义者可以站在万人瞩目的地方蔑视失败者，邪恶者也可以依靠强大的武力自豪地声称他就是正义者。

到底谁是正义谁是邪恶？

“正义”就是战争中的赢家，书写历史的人。历史不一定完全真实，史书上的正义不一定等同于人们心中的正义。

但历史的评价在许多时候都被遗忘在战争的烟尘里，又会有新的胜利者谱写新的历史。一切都在强者掌握之中。

当时，我正在创作动物小说《甲胄世界》，因为受到了《霍比特人》的启发与鼓舞，就突发奇想，在《甲胄世界》的水陆缸里设计一棵大树，里面却住着一只高智慧的蚂蚁。

替它取名的时候，我又看了一部影片《木乃伊3：龙帝之墓》。看到电影里训练有素的兵马俑们，我灵机一动，给蚂蚁取名为俑，直到后来又易名为伊世俑。

最初许多细节都是模仿《霍比特人》和《霍比特人》的后记《指环王》三部曲，且这部作品也只是作为《甲胄世界》的插曲，不料，在我写作的过程中，创作的故事不断扩展，字数远远超过了《甲胄世界》，因此，它就成了一部独立的小说《蚁幻》！

/ 第一章 /

两强相争

深山里。

有无数的生灵在搏杀，有无数的生命在以命相搏，纷纷消亡。透过茂密的树叶望去，两支人类的军队在厮杀。

一支，是盛极一时的僰人的军队，另一支，是明朝汉人的军队。

战斗伤亡惨重，双方都以死相拼，毫不退让，密林中，到处都是尸体；鲜血，浇灌着这片土地。

又有一个僰人倒下了，他也是最后一个战斗的僰人。他还没断气，却被一名汉人士兵刺中了腹部。

他咽气了，鲜血流淌到身旁的树根。

树根下的生灵慌忙躲避，但还是没躲过，很多都被洪水般的鲜血淹没了。

两支蚂蚁军队正在厮杀。

这是两支来自不同蚂蚁国家的军队，一支是来自巨大土坡的古黑金帝国，这是一个领土广阔、国力强盛的大国。

还有一支来自古克劳迪娅帝国。它们来自地底，也不知道是什么时候出现在这儿的。这，更是一个无论什么方面都无比强盛的，堪与人类媲美的蚂蚁大国。

两只蚂蚁将领正在交战。

古克劳迪娅帝国的将军精神很好，不断挥舞着剑频频进攻，那古黑金帝国的将军却渐渐体力不支，还在战斗中断了一只手。古克劳迪娅帝国的将领眼见自己要胜利了，说道：“你们这些……”可连续的话语却被频频的挥剑打断，“地表上的劣等蚂蚁！”古黑金帝国将领中了一剑，倒在地上。

古克劳迪娅帝国的将领走了上去，踩着它的肚子：“想赢我们——地心的高智商巨型蚂蚁？”

那古黑金帝国的将领命不久矣，只是轻蔑地一笑，想说什么，却头一歪，死了。

又一大群古黑金帝国士兵冲了过来，古克劳迪娅帝国的将领眼见不妙，只好命令士兵撤退。

时光过得很快，僰人败了，败得一塌糊涂。

蚂蚁世界也陷入混乱之中。

汉人满载而归，因为他们的目的是杀光僰人一族，人类世界的战争结束了，可蚂蚁世界的战争绵绵不绝。

这是人类历史的一五七三年，也是古玄驹纪元的结束，新纪元的开始。

历史总是惊人地相似，尽管是跨越种族的。

在伊吉伊利塔斯，古西地王朝与古克劳迪娅帝国组成了最后同盟，扼守城池，却因为敌人十几倍于它们，终究败了。

古黑金帝国独胜。

世仇就是从这儿开始的。

/第二章/

“野人”生活

清晨，一颗椭圆形的露珠在叶片上面徘徊，犹豫着要不要降落，滋润这片土地。阳光从叶缝间透射，却瞬间被露珠包裹了起来。

一只蚂蚁从树上爬了下来，用纤细的腿拨弄着这颗露珠，并品了一口，那是一种别样的甘甜。

那空气十分清新。

这片叶子下面，晨起玩耍的一只大山鼠趴在那里，享受着湿润的空气，那颗露珠忽然从叶片上滚了下来，落在大山鼠的脚下。

这只蚂蚁差点随着露珠掉下去，同时，它看见了大山鼠。

它开始往回爬，顺着叶子爬下树，一直爬到山顶，那里有一棵巨大的树，准确地说，那只是一片高大的灌木丛而已。它爬了进去，也就是回到自己巨大的家，这是因为这只蚂蚁一直生活在这里，一直把这里当家。

这只蚂蚁的故事还得从四川的宜宾九丝山说起。在深山里，有一位名叫何大壮的巨人。

他的族群不知去向，他靠打猎和贩卖植物为生。一次，何大壮拔走了这只蚂蚁生活的灌木，又在距离很远处将它遗弃在路旁，因此，灌木的主要部分不再生长，就像死了一样，而它上面脱落的小种子发芽成了一棵大小可以容纳这只蚂蚁舒适生活的小树。

这是一只地位很高的蚂蚁，在自己的蚂蚁部落中谋求了一官半职，将这种职位换成人类职位的话，大概就是武将。

它是一只很强壮的公蚁，靠在土里找小虫子为食，偶尔也去吃一些植物的根茎，吮吸它们的汁水，但是，它从来没有被天敌们发现过。

坐在灌木丛的顶端眺望远方，风景十分秀丽，可是这时候，忽然刮来了一阵凉风，这使得它忽然有些饥饿，就离开了灌木丛的顶端，开始出去寻找今天的午餐了。

它没有爬多久，不小心一个趔趄，就从山坡上滑了下去，等到它再有力气站起来的时候，已经是在半山腰的位置了。它再向前爬了一阵子，才勉强接近那片沙滩——被它遗落的地方是一条极窄的小山路，而山路的对面则是一片小水洼，小水洼的旁边有着许多动植物，甚至有着一片舒适的沙滩，准确地说是靠近乌龟洞的那片沙滩。那儿是最危险的地方，因为以前乌龟们住在附近的洞穴里，也在这里的沙滩出没，而蚂蚁群体都具备在乌龟晚上睡觉的时候杀死它的能力，所以乌龟很恨蚂蚁，因此，它们互为食物。而沙滩里，有许多蚂蚁可以食用的东西，比如说海藻、田螺幼崽和田螺卵。最让蚂蚁怦然心动的是，在沙滩靠近小岛的那一面，生活着许多蠕虫和少量的蚯蚓！想狩猎它们很困难，当然，这是对于蚂蚁来说，但那是一种极其美味的食物！

它们肉质细嫩，口感也不错，而且行动非常缓慢，很笨拙，尤其是蠕虫，几乎动都不动，就窝在那儿等着蚂蚁出来吃。蚯蚓比蠕虫更好吃，但是，一般只有高智商蚂蚁群体才能猎杀蚯蚓，而且只能等到它休养生息的时候偷袭，就算这样，那也只是对于幼年蚯蚓。

伊世俑抓住了四只田螺和一些田螺卵，以及一小块藻类植物，这已经是一顿丰盛大餐了。接下来，伊世俑就要从耗费一个半月时间挖出来的地道中把这些食物运回去。那是因为在山上寻找食物非常容易被发现，而且运输也非常吃力，还要爬山，而山上非常湿滑，一不小心就前功尽弃了。

曾经，路边生活着两只蚂蚁，尽管品种不一样，那一只低智商蚂蚁一个月前在沙滩上觅食的时候被正在戏水的乌龟给踩死了，那是因为它太胆大了。于是，伊世俑才不管花费多少力气、花多少时间，也非要挖掘这条秘密通道了，因为从这里运输非常安全，直线距离也非常近。而且，伊世俑还在中途挖了一个大坑，一部分食物就储存在这里，这里还有几个房间。伊世俑之所以挖这个，就是为了预防山上的灌木丛被天灾人祸所毁。直到它重建家园，伊世俑还可以在这里生存很久，在这里不用担心任何天敌，觅食也很方便，还可以遥望庐城——那棵粗壮的灌木。无聊的时候，还可以在废弃的庐城闲逛，寻找当初战斗的痕迹，所以它才没有搬走去寻找更好的环境。那条通道的出口就在洞穴的下面，而且一直贯穿了灌木丛的主干，到达伊世俑的储藏室和厨房。

伊世俑吃饱喝足了，也把所有食物储存好了，没有留下任何破绽。

经历了许多事后，伊世俑变得比以前更加能干、更加强壮了。

下午，伊世俑到通道深处的那个储藏室拿仅剩的最后一点海带来吃，却发现海带少了一大块。这该怎么办呢？于是，它将海带搬回巢穴后，就又出发到海滩上去寻找海带了。

它这一回下山没有从通道走，而是兴致勃勃地从风景秀丽的山上出发下去寻找剩下的海带。

可是，它还没有到达沙滩的时候，就看见一条刚孵化出没多久的蚯蚓正在沙滩上蠕动着，再仔细一看，它竟然在偷窃伊世俑的劳动成果！

伊世俑火冒三丈，从小山坡上跳下去，就在幼年蚯蚓的脖子上，狠狠地咬了一口！

蚯蚓正得意扬扬地偷食别人的劳动成果，完全没有留意到来自山坡上的偷袭！因此，它的脖子被咬断了。当然，因为它是一条刚刚孵化出来的幼年蚯蚓，伊世俑才有力气一口咬断这家伙的脖子。

蚯蚓尽管断成两截，但是，只有一截被咬坏了，另外一截完全可以再生成另一条新的蚯蚓，在合适的时候，它一定会回来报复伊世俑的！不过现在，它就只能灰溜溜地滚回沙子里，消失了。

伊世俑不仅拿回了自己上午不小心遗失的海带，还因为它的奋力一击又获得了最难得的战利品——那半截鲜美的蚯蚓！这条蚯蚓虽然是刚孵化不久的，个头比较小，可是，它的长度对于蚂蚁来说还是算比较长的，再加上那截海带，对于蚂蚁来说是较大的货物，因此，它又把蚯蚓切成两段，才背得动。

海带是彻底背不动了，只好搁在半途那个小洞穴，至于肥美的蚯蚓……

当天晚上，伊世俑拿出餐具，端上了用蚯蚓肉烹饪的美食。

其中有一块类似香肠的，只是没有肠衣的圆头肉条，上面撒上了一些可以食用的植物叶子，以及一些田螺卵、一小碗肉酱，十分鲜美。还有一碗蚯蚓肉皮冻，被泡在一种特殊的植物浆汁里；一小杯饮料，是用原来的居民蚂蚁留下来的战利品——一大块蜂巢——其中的一小块制作的。由于蜂蜜的保质期非常长，甚至有人类发现几千年前的蜂蜜罐，里面的蜂蜜都还可以食用！因此，这一块蜂蜜非常甘甜。

不仅如此，它还把十几截非常细长的肉条挂在树枝上，准备几天后再来慢慢享用。

这是其中一截的去处，也就是被伊世俑加工成一顿蚯蚓肉大餐。可另一截，也就是相当于这段蚯蚓长度的三分之一的那一截呢？

伊世俑脑筋一转，忽然想到了一个比做大餐更好的主意！

它笑了，十分狡黠。

第二天，一条更大的蚯蚓破土而出，慵懒地出来觅食，却忽然发现，自己的前方竟然有一块蚯蚓肉！尽管那是同类的肉，但是那也很好吃，也能填补它饥肠辘辘的感觉吧！

这条大蚯蚓高高兴兴地爬过去。

可是，它还没爬过去，忽然就被从天而降的非常尖锐的石头砸中了脑门儿，瘫软地倒下了。

距离这里十五厘米的地方，伊世俑大声欢呼："耶！打中了！"

原来，这是伊世俑送给这条大蚯蚓的"礼物"。

它又用同样的方法捕获了三条蚯蚓。

晚上，伊世俑用蚯蚓肉做成了一些腊肉，又找了些火炭和木条，烤制了一些烤肉，剩下的还是跟昨天一样，加工成了蚯蚓肉大餐。不同的是，由于今天有一整条蚯蚓了，伊世俑又选了那条最大的蚯蚓，做成了像烤全羊似的烤蚯蚓，以及一些烤树叶。

"野人般的生活"过了很久，伊世俑仿佛已经忘记了文明社会的模样，它想：以前瞧不起我的低智商蚂蚁的生活，也不过如此了。

伊世俑吃得心满意足，却禁不住有些口渴，就跑到树冠底下的一个树洞里，去察看那些它饲养的"牲畜"，也就是可以为蚂蚁分泌最好喝的东西——蜜汁——的蚜虫。

等它喝够了蜜汁之后，就回到它的小卧室，安然入睡。

它忽然想起了自己的王国。其实，这里不是王国的大本营，伊世俑现在的家只不过是它所在的王国的一座小镇的一部分而已。

/第三章/

帝国风云

这就是那座伟大的蚂蚁城市。它坐落在一棵树之下，那棵树的根部已被挖空了，还在靠近外面的地方修筑了三层极其坚硬的城墙，非常牢固，连最强壮的蚂蚁都拿它没有办法。

这座城市是这个蚂蚁世界里最强大的帝国的首都，外层的三层围墙里面，也就是靠近地面的位置是一座巨大的城门，下面，则被挖掘了一条很深的河沟，还在河沟两侧的内侧筑上了无数尖锐的木栅栏。在这座伟大城市的城门处，甚至也有类似人类城市的吊桥，收起的时候就像是一种坚不可摧的栅栏，当第一层，也就是由坚硬的三层木头和双层铁皮建造的巨型城门就算被攻破了，这个栅栏也能起到城门的作用。民众生活的繁华都市外面，是两层坚硬无比的，由最坚硬的巨石与砖块组成，外面还生长着密密麻麻的，有着极其强大的尖刺的荆棘。这对于蚂蚁来说是一项非常宏大的工程，而且还修建了两层！这就是这座城市的防御力量，还不包括时时刻刻驻扎在两堵城墙上的兵营。其实这座城市有十二座城门，每座城门都有一个兵营，正门有两个兵营，由于这是深山老林里的一棵大树，所以它们还没有见过人类呢。

伊世俑所驻守的那丛灌木只是这个帝国的几百座微不足道的边陲小镇中的一座而已，只是地势相对来说很险要。里面都有一位贵族和几十万只蚂蚁！但是，对于蚂蚁来说已经是非常巨大了，它们的运气很好，没有被何大壮发现。

这还不是一个国家，它是一个版图巨大、极其强盛的帝国！它叫克劳迪娅。这个帝国的首都，就是蚂蚁世界鼎鼎有名的王城，它没有名字，所以，所有蚂蚁都叫它王城。

非常多的蚂蚁国家都窥视这巨大的疆土，尤其是这座城市。

曾经有无数国家想要攻占这里，可是这些国家不是半途而废，就是被打得大败而逃。

在这附近，克劳迪娅帝国的西北地区，有一个同样非常强盛的国家，只是无论各方面都要逊色一些，这个国家叫作黑金帝国。它的国王野心非常大，时刻都想着吞并克劳迪娅，将这座美丽的城市据为己有。

为何所有的蚂蚁国家都对这座城市垂涎三尺呢？走进这座城市，你不难发现，这里金碧辉煌，无论什么地方，房屋、马车、天空甚至是地面都是同样的金碧辉煌。原来，这座城市，其实是一棵巨树，它是十分珍贵的金丝楠（这棵金丝楠树和别的金丝楠树不一样，它的树种是被这些蚂蚁的先祖从地心带来的，它无论是活着还是死去，散发的香味对蚂蚁没有任何害处）！就算人类知道了，也会对它垂涎三尺吧！

克劳迪娅近些年变得更加强盛，那是因为十几年前老国王伊德温二十八世就要退位了，而伊德温二十八世育有许多孩子，足足有一百十一位公子，以及接近两千位的太守、将军与禁卫军士兵！而且，还有那么多对王位窥视的皇亲国戚！

内战爆发了。

时光回到十五年前……

在一座府邸里，从深处传来幽幽的琴声，再一细看，就会发现，一位披戴着甲胄的贵族蚂蚁，正在轻轻地抚琴，思考着什么……

“八公子！大事不好！大公子带兵攻打了老国王伊德温二十八世的宫殿，您的父亲……”一名在王宫里时刻监视着其他公子一举一动的近侍急匆匆地跑进府邸，大声宣报。

“什么？大公子不是在盘鞍山郡吗？它什么时候回来的？”

皇宫里，大公子手下的士兵正在不断地撞击最后一道门，老国王的卫兵们一面死死地抵住门，一面用长矛抵御从围墙外翻进来的叛乱者。

那门不断地被撞击着，甚至就要倒塌了！卫兵们的后面，老国王正高举着长剑，呐喊着战斗口号。

门忽然倒塌了，几名卫兵摔倒在地，叛乱者掩杀进来！

老国王看到叛乱者蜂拥而至，大喊：“士兵！组成盾阵！”

老国王和剩下的卫兵们迅速退到宫殿里，用已经残破不堪的重盾堵在了门口，并且在所有叛乱者可能进来的地方都增加了防守！老国王站在士兵们的后面，一双愤怒的眼睛狠狠地盯着那个正在进攻它的不肖子。

老国王的卫兵们用盾阵一次又一次地抵挡住了蜂拥而至的叛乱者，却有好些叛乱者从后面一个不为人知的窗口挤了进来，盾阵崩溃了！

老国王砍伤了几个叛乱者后，手中的长剑在经历最后一次激烈的杀戮后，折断了！它随手拾起地上的一把剑，也顺手拿起了一名牺牲卫兵的盾牌，奋力砍杀！

它的旁边，是一名极为勇猛的、身材比所有蚂蚁都高大的蚂蚁，正愤怒地转着长矛，怒吼着战斗。

它的头盔早就被扔掉了，一身本来就不合身的盔甲在搏斗时断裂了。忽然，一个叛乱者从另一个叛乱者的盾牌上跳了起来，剑锋直指高大的蚂蚁！

老国王跳了起来，干掉了那个叛乱者，并顺势从那个仍然举着盾牌的叛乱者身上跳过来，趁机连着砍死了三个叛乱者！

伊德温二十八世虽然老了，该退位了，但身体却很好，一点也不比那些年轻的士兵差劲。

随着战斗的进行，士兵们逐渐减少，老国王声嘶力竭地大喊："所有愿为国王效忠的士兵们，向我靠拢！今日即是最后的决战，冲啊！杀！"

它身边的传令兵吹响了号角，雄浑的声音久久回旋。

只剩十余名士兵了，它们围成一个圆圈，与不断蜂拥进入国王宫殿的叛乱者作战。它们个个骁勇善战，却在大批叛乱者的强攻下节节败退！

在王宫外的街道上，一辆螳螂车疾驰而过，"快！"八公子大叫道，急切地望着王宫的方向。那里已经起火了，那是叛乱者点燃的，现在已经来不及灭火了，就连生死未卜的伊德温二十八世在哪儿都不知道！

螳螂车的后面，是大批精锐的蚂蚁士兵，高举着旗帜，向王宫挺进。

八公子的身边，有一名士兵正在替车上的远程武器——十连发的弓装箭，这种用动物骨头制作的箭十分锋利，一击必杀！

八公子的左边，有另一名强壮的士兵举着大弯刀，眼睛与八公子一样，死死盯着王宫。

前方忽然出现了一队同样向王宫进军的士兵，定睛一看，原来是叛乱者！这队叛乱者是去支援大公子的，情况十分危急！

螳螂车加速，向前猛冲着，冲向了那一大群叛乱者，车轮的中间装载的两把镰刀与主人一起砍杀，没被杀死的叛乱者们竖立起了盾墙，却被八公子后面的精锐部队所击溃。

这支部队很快就杀死了大部分叛乱者，俘虏了它们的头领，以及一些士兵。

八公子回头，喜悦地看着这丰功伟绩，唱颂道：

六百元年，先王步入高山之巅，开疆拓土，征战四方，

夷蚁猎归，先王骑乘螳螂冲去，勇往直前，辉煌显现。

碧空蓝天，先王只手难敌双拳，螳螂殒逝，自步奋战，

雄者角起，先王只见百十勇士，穹下指剑，在下之冲。

此唯军队，先王之国为世人宣：我邦之兴，必随禁卫之崛起！

八公子的一些士兵看守着俘虏，其他士兵随八公子继续前行，沿路斩杀了好几队叛乱者！

它们冲进皇宫，先是在早朝处寻找，没有找到，又寻找了好几处国王最爱去的地方，都没找到，直到最后，在一处偏僻的宫殿里，才找到了寡不敌众但奋勇坚守的伊德温二十八世。

叛乱很快就平息了，那不肖子也被斩于螳螂下，其他未亡的叛乱者也投降了。

/ 第四章 /

走马上任（上）

叛乱之火平息了，伊德温二十八世十分动容，第二天就册封八公子为新一代的国王！

国王也迎娶了以贤惠著称的母蚁为王后。

国王是非常仁慈的，帝国在不到两个月的时间内，就征服了三个小国并接管了一个野蛮蚁的地盘。

王后也非常纯善，赐福百姓，将叛乱所引起的恐慌逐渐平复，并协助国王重振国威！

一天，国王对王后说："我们什么时候可以有小王子啊？"

王后神秘地一笑。

过了一个月，王后的肚子鼓了起来，又过了半个月，两千名王族成员诞生了！

这两千名王族成员，男性成员中会诞生十到二十位王子，两百位将军、近八百位县令，其中出类拔萃的就会晋封为朝中大臣，剩下的进入保卫王族安全的禁卫军。

国王看着自己的孩子们逐渐长大，终于，它们都该经历那场影响终身的比武竞赛了。

这天，大约一千名王族成员来到了比武场开始比赛，总有一位智力超群、文武双全的在未来会成为国王！伊世俑是其中之一！

最后，这些孩子中间出现了十九位王子，一百九十多位将军，剩下有七百位太守，伊世俑就是其中之一。可惜，它那天发挥得十分不佳，所以被分到了庐城，也就是那座边陲小镇，伊世俑在那里就任。

其他王子都做了禁卫军，国王分别派遣了五名禁卫军士兵作为护卫，伊世俑也不例外。

伊世俑翻越无数的山峦，跨过无数的小城，终于站在了渡口的边缘。渡口如锋芒一般刺入盐湖的滩域地带，它楔形的身躯是用杉木做的，在浪潮中时隐时现的木桩上拴着几条精致、舒适的小船。

楔形的两个边缘上，两座不知何时就建起的小楼立在那里，其中一栋住满了来来往往的蚂蚁，而另一座，原本是军队的监视塔，兼灯塔，叫它灯塔是因为许多萤火虫聚集在这里（克劳迪娅蚁对萤火虫不再那么恐惧）。

它要在这里住上一晚，然后，孤身奔向西南边境地区，而另外五名禁卫军就驻扎在这里。因为最近，整片盐湖都不太平，境内声名狼藉的匪帮乌尔特·斯特攻占了山顶城市雅尔罗克斯，并控制了它附近的沙漠城市克赫德的外围水域，把它易名为瓜尔荼科。

它们占据这里已经有几个月了，而克劳迪娅帝国从不容敌人盘踞在自己的领土上。尤其是，那里盛产盐，那种稀缺资源（盐湖虽然有极其多的盐，但是能用的还不到千分之一），这里还是除去保霞湖［位于克劳迪娅帝国的贸易国舜安公国（舜安公国位于克劳迪娅帝国的东方，游牧国家，距离庐城数千米，盛产最上等的蚜虫蜜、蚜虫蜜酒，以及最彪悍的小型蝗虫。它们是舜安公国的牧民们特殊培育，与蜜蜂杂交的品种，腿上长满短刺，翅膀更加轻薄，飞行速度超过了寻常螳螂，并继承了蜜蜂的智力，以及有毒的尾刺，并从素食昆虫变成了杂食昆虫）］后的唯一一个盐湖，唯一一个出产食用盐的地方。

把天牛拴在了一个木桩上，伊世俑回头望了一眼，就登上了楼梯。楼梯十分潮湿，弥漫着一股盐味，熏得十分难受，那楼梯十分陡峭，伊世俑爬得十分吃力，几分钟后它才登上顶层。那是一座圆顶小阁楼，是用白色的石子砌成的，它狭小的穹顶上有一个小窗户，因此屋子在关门后也不黑暗，里面设施很简单，地上铺着一层松软的稻草，一张红木床装着帷幔，以及一个色彩迷人的小柜子。推开门就能看见月牙状的盐碱地旁，有一棵巨大的枯树，矗立在许多丘陵中间，那里占地很广，一直延续到遥远的索维娜山脉脚下。

它强有力的枝丫以及与枯树一样高的几座丘陵，栖息着许多飞虫。它们神似蜂鸟，总是振动着橙色的双翼，来来往往地吸食花蜜。它们体形不大，但数量极多，是这里一道令人叹为观止的风景线。

草蛉们则捕食着许多害虫，它们威胁到了果树的生长［克劳迪娅蚁的先祖们从曾经的家园带来了许多缩略版的植物种子（克劳迪娅蚁生活在地心的时候，体形与人类相当，其他也与人类世界几乎无异，但是，由于未知原因，它们来到地表后，一切都缩小了）］。

许多昆虫在这里发展壮大，在别处，它们的亚种已经消失殆尽，它们还能不断地扩大地盘，就是因为这独特的地理优势。

这里在克劳迪娅帝国的先祖来到蚂蚁世界之前就已经存在，而且就有这么数量可观的盐。

伊世俑坐在床头，叉着腰，眼睛四处张望着，想着自己的行李还在楼下，又看看房间，还是太黑了，住着一点也没有最初感觉的那么好。

它站起来，床“吱呀”一声，它又急走两步，推门而出，那股刺鼻的盐味冲进它的鼻子，让它整个脑袋都晕晕乎乎的。

晚上，吃了点儿烤肉串，伊世俑感到很舒适，没多久就睡着了。

第二天，早饭后的几小时，船舱里，温暖舒适，伊世俑坐在正中央，毛毯包裹着脚，悠闲地品茶。

那茶叶漂浮着，随着蒸汽不由自主地到处流动。

伊世俑杯中的茶叶翻滚了许久，最终停了下来，静止不动。

一阵风吹进了船舱，顿时，那一片片茶叶像一艘艘战船，许多片绿色的茶叶围着一片枯黄的茶叶，那枯黄的被绿色的包围，绿色的咄咄逼人，叶尖紧对着枯黄的……

有什么东西晃晃悠悠，从它脸旁经过，它一看，却是一根编织船舱的芦苇。芦苇缓缓落地，融入那一片枯黄。

那片枯黄的茶叶沉没了。

伊世俑又想起什么，放下茶杯，茶杯中的茶水和茶叶一阵荡漾。它从贴身处抽出了一卷纸，并展开，阅读起来。

大概内容就是，“这片地区匪帮活跃，这片湖区接近它们的活动范围，这片湖区就是当初那场大海战，也是克劳迪娅帝国水军唯一一次大败发生的地方，陈尸湖”。

伊世俑一听到这可怕的名称，惊出了一身冷汗，大步流星走出了船舱，扣上了盔甲带，戴紧了钢盔，蹬上了战靴，并抓起扔在墙角的披风。

它甩起披风，让它在空气的作用下飞成一片蝴蝶，并披在它的身后。

/第五章/

走马上任（中）

忽然，在它迈出舱门的一瞬间，一支箭飞刺了过来，茶杯随即粉碎，茶水与瓷片四处飞溅，它根本来不及躲避。

那片枯黄的茶叶被刺中了。

又飞来了十几支箭，船夫连忙丢掉划船的桨，趴下。

匪帮为何会派出战船袭击微不足道的一叶孤舟呢？

除了那份告示，伊世侢还有一封完整的绝密计划。为了保持绝密性，前一天就有船队大张旗鼓、全副武装地护送送信的官员，就是为了分散匪帮的注意力，谁知匪帮的消息如此灵通——让伊世侢把信带到岛上也是临时起意。

送信的后一周，沙漠城市，沿海要塞将从陆地上进攻匪帮盘踞的山，而载着岛上主力部队的水师将以高度胜于匪帮要塞城墙的巨型铁甲战船突击，一举攻破山腰以下的第一道防线，再以空降兵运输小白鹭（小白鹭：体形较为庞大，背部可载两门小口径弩炮、一门重型弓弩，左翅与右翅上各有两门小口径弩炮，尾部一门，腹部有挂仓，可挂载二十余枚小铁球，爪上挂载两枚中型铁球，也可以在挂仓内携带十二名空降兵战士）。

糟糕，真糟糕！

该死，真该死！

“射完了，差不多得冲上来了！”

伊世偭站起身，才发现船夫已经瞪大眼睛，身上插着几支箭。

而船上只剩下它一个。

它披挂好了全部装备，带上所有的武器，又大步行走，从船舱外面拿起一杆长矛，双手灵活地摆弄着，锋利的矛尖四处飞舞。

它又下意识地掀起了锁子甲，绝密文件依然安好。

它准备好了盾牌，上面的花纹熠熠生辉，底部的条纹泛着寒光，倒映着正从高大的敌船上跳下来的匪军。

它照着那个匪军的头劈下去，又把长矛刺进了匪军的小腹，背靠船舱接连干掉了好几个敌人。

它刚抱着长矛直接捅死了一个敌人后，又一脚踢在敌人横过来的长矛杆子上面，那长矛撞倒了三个敌人，另一个敌人想躲避，却被矛尖划破了喉咙。它又把长矛投掷出去，稳稳地把敌人钉在了船身上，一回神却发现拿刀的敌人逼近，就挥拳反击，接着放倒了几个敌人。

它趁机抽出了宝剑。

此时，在岸边。

客栈旁边，几百米远，正是丘陵地带的中心地区。很久以前就有克劳迪娅帝国士兵来到这里，并修筑这座名为淳风关堡垒的军事要塞，现在，这里有几百名士兵，由于这座堡垒靠海，又配备了由八艘中型战舰与二十余艘小型战舰组成的舰队。

驻扎在这里的步兵是守卫堡垒的主要力量，步兵是用来驻守堡垒的。

舰队也是和湖中心岛屿上的舰队相呼应的，是一支机动部队。这支特殊部队，所有士兵都装备一种克劳迪娅帝国才有的蜻蜓。

这种蜻蜓能够变换几种简单的颜色，虽然体形只是蚂蚁的两倍，但能在空中自由飞翔，前后左右，随时可以灵活地变换方向，还可以悬浮在空中，并在腹部处携带两名战士，背部有一名骑手，以及一位尾座连弩手，俨然一架小型直升机。

现在，在堡垒上方，只听见一片“嗡嗡”的声音，穿着简便铠甲的、只携带小型连弩以及短剑的蚂蚁战士们排成两队，跨上了蜻蜓背部中间的木质防护栏，它们是驾驶员；同样身着简便铠甲的蚂蚁战士，则在蜻蜓的尾部架起了重型连弩，插上了一支支短小而锋利的箭，并检查好了如上装备，它们是尾座连弩手。

蜻蜓们扇动翅膀的频率越来越快，每一个战士也骑上了自己心爱的蜻蜓，可它们没有像螳螂那样飞得很高，而是飞向出发的地方，几乎贴着盐湖湖面飞行，向着出事的地方飞去。

这支部队能够击溃数量小于三艘大型船只或一千名士兵的匪军战斗部队，如果超出这个数量，就必须依靠湖中心的大型舰队了。

如果敌人倾巢出动的话，克劳迪娅帝国就得用它们最不喜欢的方式——派出所有盐湖水军，与敌人决一死战。

克劳迪娅帝国一共有六个军种，即最重要的维系克劳迪娅帝国大国权威的帝国陆军（一部分地方杂牌军包括有长矛兵、刀剑兵、狼筅手，三者除狼筅手之外都有重型盾牌，只有狼筅手有专门的藤牌护卫，并且杂牌军还装备了许多圆形盾牌，它们比重型盾牌更加轻便，非常适合长途奔袭与游击作战），还有骑兵（主要由重骑兵组成，有少量轻骑兵，重骑兵由于铠甲过重飞不起来，而轻骑兵可以在紧急关头飞行，只是由于许久未飞，骑兵部队螳螂的长途飞行能力几乎丧失）、对地部队［由空降兵、空中骑兵（细分为四种：战斗部队、轰炸部队、运输部队、侦察部队）与空中防空部队组成］和水军。

以上四种是战斗部队，而另外两种，第一种是主要由衙役组成的保安部队，负责维持城市秩序与治安；第二种则是直接听命于国王的禁卫军。

禁卫军囊括范围极广，在禁卫军中都有直属的空军与水军，但它们是独立的兵种，衙役们数量多但战斗力差，禁卫军很少出现在大城市，更多出现在普通的帝国陆军中间，与它们一起战斗，起到警示与加强它们战斗力的作用。

禁卫军中的水军、空军都是单独指挥，它们的士兵都直接听令于国王。帝国陆军近半的头盔都与禁卫军一模一样，所以很难将它们区别开，但它们还是有许多细微差别的，大部分军官都分得清两支军队的差别。

但还是有禁卫军基层军官走错了部队、认错了下属等糗事发生。

在海上，小船已经被敌人的一艘大船撞沉了，伊世俑正在那艘大船的指挥台上，靠着桨舵和敌人作战。

那只蚂蚁拿着海战大弯刀，穿着肮脏的匪帮服装，头上缠着布条。

它的衣服已经被伊世俑划破了，现在它正咬牙切齿地双手高举望着伊世俑。

伊世俑侧身躲过，一刀捅向它的肚子。

匪兵蛮横无理地跳起来，几乎踩在伊世俑的刀上，但偏了一点。

“该死的臭藤壶，看我如何把你肮脏的血溅到你的身上！”

伊世俑学着匪兵刚才骂它的口气，狠狠回敬道。

忽然，背后有个家伙狠狠地踹了它一脚，紧接着一把钝砍刀砍中了它的右肩。

肩上的六芒星替它挡下锋芒，六芒星也没碎。

可它被打倒在地，后面又有两名匪兵扑上来，想把它捆绑起来。

灰蒙蒙的天空中，响起了振翅的声音。

有蚂蚁从天上跳下来，手里举着长矛，狠狠地扎向船上匪兵的长官！

它被开膛破肚，僵硬地倒在甲板上。

那从天而降的是堡垒的总指挥长魏仰庐。

魏仰庐紧接着拿出弓箭，三两下就把那两个匪兵干掉了。

又从天而降许多战士，与它们的蜻蜓一起战斗，不多时，匪兵大部分被歼灭，其余的乘小船逃跑了。

/ 第六章 /

走马上任（下）

几小时后，伊世俑正与魏仰庐聊得起劲的时候，魏仰庐站了起来，掏出一个单筒望远镜。这个单筒望远镜还是它刚才从被杀死的匪兵身上搜出来的，挺精美的，被它带回去做战利品。

“朋友，到地方了，我先走一步了！”

它钻进蜻蜓的座舱，那大蜻蜓倒飞着，向着堡垒方向而去。其他战士早在几分钟前就走了，伊世俑自己驾驶着大船，已经挂上了克劳迪娅帝国的旗帜，向港口驶去。

伊世俑稍微不满意的是，魏仰庐挂的是它们空军的旗帜，而不是禁卫军的旗帜。

它挺喜欢这只蚂蚁的，很淳朴，这样也算过命的兄弟了。

大概是旗帜的原因吧，它把船停靠在岸边的时候，岸边的陆军很是诧异。

它住了两天，由于它受了点轻伤，然后又花了半天经过了盐湖的另一部分，辗转到了对岸的渡口，踏上了新的路程。

哥加曼多湖，这名字会永远烙在它的心中。

几小时后，它渡过汹涌澎湃的塔雅瓦角河，可它却没有抄近路，而是“浪费”一天，不辞辛苦地来到了伊尔顿亲王的庞大领地——东澜荒原，接近边境的克里曼城中。

它在城市附近，也是唯一没有沙化的草原逗留了几天。因为，年轻的先王曾经率领年轻的第二克劳迪娅部落（曾经有一个帝国名叫古克劳迪娅帝国，它又称第一克劳迪娅帝国。它的疆土数倍于现在的克劳迪娅帝国，却在汉人与僰人的斗争中消耗殆尽，与古西地王朝死守伊吉伊利塔斯。兵败后，先王带领近万名士兵与民众，冲出重围，一部分逃到了东澜荒原的腹地，也就是先王的祖父麾下，后建立克劳迪娅帝国，又称第二克劳迪娅帝国，另一部分则远离了故土，来到了远方——西地王朝的领土，并与当地西地王朝的遗民通婚，又被一场地震摧毁了大部分领土，从此不知所终）在草海中与强大的黑金帝国前来“剿匪”的几十万精锐部落血战。

可临行前的最后一天，伊世俑才进了城，来到了伊尔顿亲王家……

城外，森林。

巨大的顿诺森林环绕克里曼城，而它的起源点，就在王城左翼那座高耸的山脉上。

树冠在摇晃，也不知是微风还是其他别的什么。

一只豆丹（豆丹是一种肉虫的俗名，可以食用，小说为了情节需要适当改变了形状、相貌和特征，加上了几只短而粗壮的脚，以及一些防御器官）在草丛中前进，摇头晃脑地环顾四周，四周并没有天敌。

它那粗短的四肢分泌出黏液，它借助这些黏液爬到了树上，“咔嚓”一下咬断了一片嫩叶。

它再抬起头，想要观察环境，却被无声无息的利箭射中，重重地落在地上，激起一层枯叶，引得几只小虫四处逃避。

一只螳螂小跑过来，它背上的蚂蚁用腿夹紧了螳螂，弯腰拾起了那只豆丹，收入囊中。

“这是个好东西，肉又嫩，又香，用上好的楠木炭火配上胡椒粉，简直是人间美味啊！”伊世俑跟上来了，看了看那只豆丹，捻了捻说道。

伊莱金淡淡一笑：“要吗？”

又飞出两支箭，两只豆丹应声倒地。

它们远去，满载而归。

“伊莱金，捕猎水平提高了嘛。”晚上，伊世俑大嚼着香喷喷的豆丹，一面咀嚼一面说道。

那被称作伊莱金的蚂蚁战士扬起了嘴角，露出了一丝不易察觉的胜利的微笑：“谢谢夸奖！”

它又悄悄地靠近伊世俑，躲过了它父亲，那位高傲的亲王——伊尔顿——不易令人察觉的凌厉的余光，贴到伊世俑耳旁：“那啥，那事拜托您了！”

伊世俑刚大口饮完一杯甘甜的美酒，听了这话，一愣，竟然噎住了，好不容易才回过神来。它的脸色还是有些难看，看了看手里的豆丹，吃人的嘴软，它只好勉强地点了点头。因为豆丹极其稀有，伊莱金巧遇捕获，而只有发育良好的雄性豆丹才有粗壮的大腿，而且它身上能够食用的地方极少，尤其是那腿部，一只腿在黑市上就能卖到十五个银羽币（此为克劳迪娅帝国通用货币，还有另外两种，分别是青蛱币和烈塔币。克劳迪娅的每一个邦使用的钱币都不相同，第二大省卢卡使用的是青蛱币，而剩下的几乎所有邦——都是小邦——都在使用烈塔币。为什么说几乎所有邦？是因为第一大邦——东澜荒原里什么货币都可以使用，在那里使用最多的还是通用货币。但是克劳迪娅帝国的官方货币是银羽币，汇率为一枚银羽币等于十二点五枚青蛱币、等于八十九枚烈塔币）！

伊莱金心花怒放。

它打小记在心头的梦想离实现又近了一步。

天下没有不散的筵席，宴会结束了，伊世俑谢过亲王一家留宿的好意，乘着夜色出发了。

由于克劳迪娅帝国的疆土十分广袤，所以，它必须星夜兼程，它那辆天牛车用了两天多才最终到达。

它在那里是一位公正无私的官员。

早晨。

一名文官快步走着，它的身后是两名陆军士兵。

这种见不得人的事，不能走大道。

那文官转过一个街角，跨进了一座偏僻的院子。

有一名军官正坐在院子中间："情报带来了？"

回复令它满意。

文官带来的是一封信，这封信的内容，是布政使昌河的种种罪行。

"排除异己，又成功了一步。"

这几年，陆军日子越来越舒坦了！

说话的蚂蚁又问道："伊世俑最近怎么样了？"

"哈哈哈，它过得可好啦！庐城当小县令的日子挺好的嘛，天天被黑金帝国打！"

文官肆意地大笑。

这时，从暗处走出一个身影。

“早觉得你们有问题了，我升官后，来到王城就任，就随时派人与我一起跟踪你们，原来……”

它的背后，几十名最优秀的空降兵分两路包围了它们。

说话的，是魏仰庐。

那封信被空降兵拿到手了。

空军又成功了一步。

陆军的密谋重见天日，它们计划彻底把空军取缔。国王原本就对空军有些不满，出于种种原因，它们想使空军归属骑兵，然后勾结有实力的杂牌军将领，再偷梁换柱，把曾经的同盟骑兵弄得没有实权，它们就有实力与国王抗衡，那完全就……

不多时，朝堂上。

一般情况，很难把罪犯直接押到国王面前亲审。

罪犯数目众多，四分之一的陆军高级将领都被抓捕了。

国王很生气，后果很严重。

“好啊，你们陆军，发展得不错就妄想对付空军，你看，失算了吧？”

魏仰庐又升了一级，官至空军都察院副元帅，相当于在空军，它是一人之下万人之上。

陆军的征兵布告也取消了，变成空军的了，还有骑兵，也开始四处招兵买马。

陆军裁军五十二万，这些士兵却没有去空军，大部分去了骑兵部队，小部分识水性的去了南洋水师（盐湖水师）。

这次，虽然陆军的密谋失败，主要官员被杀、被调职、被牵连的几乎占到了二分之一，还被裁军五十二万，但是，那个文官的副官实力比它本人强几倍，早就对文官的官衔垂涎三尺。现在，它就理所当然、顺理成章地坐了上去，尽管被空军打压，但仍然威风十足。而且，裁军五十二万后的陆军仍然有五百万以上的军力，空军却只有不到十九万名蚂蚁战士，但是非常精锐，骑兵也就四十三万名蚂蚁战士，实力也非常强。

陆军的实力依然在那里，牛烘烘的，陆军的军功依然在那里，响当当的。

/ 第七章 /

第一次庐城战役

又过了三年后，黑金帝国的新一代统治者野心勃勃，想要抢占克劳迪娅帝国的领土，甚至吞并克劳迪娅帝国！

它的第一个目标，就是庐城。

庐城虽然非常偏远，位置却十分险要，是非常重要的一座城池。黑金帝国对此非常重视，足足用了二十八万大军来围攻庐城！

可是，城里的克劳迪娅部队还不到十万名蚂蚁战士呢，而且其中还有两万只蚂蚁是未经训练的民兵，真正的正规军只有六万八千名左右，剩下的全是虽有一定训练成果，但没有武器的看守和杂役。

城中的武器倒是比较多，只是因为许久未用而有些老旧落伍，城里的粮食也只够支撑十九天左右！

伊世俑打开了兵器库，太守专用的武器，有一把长剑，上面刻着职位和姓名，还有一个重盾、一杆长矛、几把令箭。

而将军罗艾拉摆放武器的地方只剩下一杆长矛，其他武器都被将军带走了。

随后，用这些武器又武装了所有没有武器的民兵、看守和杂役，同时，伊世俑又把城里所有的螳螂、甲壳虫等坐骑分发给了善于骑射的士兵，又组成了大约有一千两百只蚂蚁的轻骑兵部队。而且，武器库里还有大约两百四十副盔甲，这样，又组成了一支有两百四十名士兵的重骑兵部队，重骑兵杀伤力非常大，这样，城内的战斗力就大大提升了。

城外，黑金帝国的大将姬恩将所有的坐骑按每四只一组，组成了一百辆战车，上面有弓箭手、长矛手，以及驭车手。马车虽然比较适合野战，但是一旦城门被攻陷，就所向披靡！

城内的步兵大多使用重盾与长剑，很少使用可以对付战车的长矛。

到了下午，战斗终于打响了。

黑金帝国将攻城战车和投石机推了出来。

姬恩大吼一声，拔出佩剑，剑锋直指庐城！

随着绞轮的声响，投石机开始射击，一块块巨石射进城内。

伊世俑不慌不忙，大声说道："所有步兵！退下城墙，躲避抛石机，弓箭手！进入城楼，等候我的命令！"

黑金帝国发射了两三轮石头，有一万名步兵躲在七八辆攻城战车的后面，冲锋向前。

这时，城楼上负责观测的士兵叫道："四百厘米！"

敌方攻城战车上的弓箭手开始射击。

观测的士兵叫道："二百厘米！"

伊世俑大吼一声："投石机！射击！距离二百厘米！"

投石机上，一块块巨石腾空而起，掉落在进攻的敌军里，杀伤了不少敌人，还击毁了一辆攻城战车。

观测的士兵见敌人逐渐靠近了，着急地叫道："还有一百二十厘米！"

“投石机！再次射击！”

又一些巨石飞了出去，掉落在不断靠近的敌兵群里，扬起阵阵尘土。

观测的士兵沉不住气了，飞快地跑下城楼，说：“一百厘米！”

伊世俑叫道：“弓箭手！预备……”

顿时，城楼中响起了拉弓的声音。

观测的士兵叫道：“八十厘米。”

伊世俑大声叫道：“开火！连射！”

城中飞出密密麻麻的一大片箭雨，发出阵阵呼啸，射杀了黑金帝国前面冲锋的一大批敌人！城里的弓箭手一直没有松懈，不断地拉弓、射箭。

敌人就要冲到跟前来了，这时，箭雨突然停了。

城门缓缓地打开，几百名重骑兵冲了出来！重骑兵战斗力不是一般的强，对战战车都能够势均力敌，更别说对付步兵了。

顿时，重骑兵就像是砍瓜切菜般把冲在前方的好几排敌人都砍倒了。

而重骑兵们只损失了寥寥几名。

姬恩恼羞成怒，让手下的弓箭手对重骑兵们射击的时候，重骑兵们却忽然退了回去，可那些弓箭却已经射了出去。城里放置了一些稻草蚂蚁，那些弓箭大多射在那假蚂蚁上面，这样，就让黑金帝国损失了近万支箭。要知道，蚂蚁们制造箭矢是很麻烦的，战斗双方的弓箭合计只有几十万支，所以，这也是个大数目了。这让姬恩懊悔不已，大呼上当。

无奈，它只能把剩下的士兵们召集回来，以免伤亡更大。

姬恩等铩羽而归的士兵们归队后，叫人清点了数量，还不及出发时的三分之一！

姬恩火冒三丈，让除了战车部队和由一万名蚂蚁组成的预备队以外的士兵，全部参战。

现在，姬恩身边只有大概一万两千名蚂蚁士兵了。这回，伊世俑调整了投石机的位置，让投石机的射程更远了。虽然黑金帝国士兵损失惨重，但是，姬恩眼见投石机不再射击了，就命令士兵们把盾牌举得高高的，一排一排地前进。可是，士兵们距离庐城只有十五厘米的时候，城墙上忽然泼下了一片片热油，进攻的黑金帝国士兵们痛苦极了，甚至还有直接被烫死的！

这时，城上又射下了一些火箭，顿时，熊熊大火燃烧起来。此时的黑金帝国又损失了两三千名士兵，并且，庐城成功击退了它们的又一次进攻。

这样下来，黑金帝国的兵力只剩了二十五万左右。而城内的克劳迪娅帝国仅仅损失了不到两百名蚂蚁战士。

这场让战士们欢欣鼓舞的战役振奋了军心，伊世俑也激动万分。

战斗持续了十二天后，黑金帝国的援军到了。

这样加起来，本来只剩下二十二万五千名蚂蚁士兵的黑金帝国部队迅速增长为五十三万七千名蚂蚁士兵！

而城中本来也只有九万八千五百名蚂蚁士兵，经过战斗损失后，也只剩下九万三千名蚂蚁士兵了。

而且粮草所剩不多了，因为，粮草的用量比伊世俑的预想还要多！

这一次，伊世俑就没有命令部队出城野战了，而是守在城内，坚守不出。

大规模的战斗越来越多，可是城里的箭矢越来越少，伊世俑坐立不安了，开始向王城请求支援。

它把信交给通信兵。

趁着月黑风高，通信兵从打开一条缝的城门里，钻了出来，悄悄地离开城市，撒腿就跑（那时，重骑兵的坐骑都不够了，没有多余的坐骑拨给通信兵，它只能凭自己的双脚跑到王城）。

过了五天，通信兵，那拥有极强耐力的英勇战士，在马不停蹄的情况下，翻过了庐城与王城之间的几片丛林，以及一片荒原，终于看见了王城的影子。它十分激动，加快步伐飞奔了过去。

国王听闻后，奖励了英勇作战的将士们，以及领导它们奋勇杀敌的伊世俑，下令为伊世俑调拨了十万精兵，以及六十天量的粮草辎重，跟随二十辆战车即刻出发，星夜兼程地驰援庐城。

增援部队踏着夜路，没多久就消失在了森林中。

/ 第八章 /

不辞而别

一天后，亲王府里。

夜深了，什么都安静了，连风声都偃旗息鼓。

伊尔顿亲王和它的妻子并排躺在床上，那微弱的烛光也被从窗外钻进来的那一丝风吹灭了。

伊莱金房间里。

伊莱金正跪在床上，各种珠宝被它摆放得到处都是。

旁边放着一个包袱，那套盔甲也不在它本来该在的位置，而在伊莱金的身上。

一切武器都齐全了，伊莱金还带上了各式各样的装备。

它把一袋金丝楠木粉放进了一个玻璃瓶（古代工艺能够制造出玻璃花瓶，只是极其罕见而已，并不是现代的玻璃瓶），又摇摇头，换到了一个更大的玻璃瓶里，又思前想后，将一些散落的水晶珠子放进了小巧的玻璃瓶里，装进了包袱。

它要骑着螳螂出发，大小包袱加起来有四五个，加上贴身处的，到处都放着必需品和“身外之物”。

它套上了好几条闪烁着光辉的昂贵手串，有玉，有玛瑙，有金丝楠，还有夜明珠。

还有一颗最大的夜明珠被镶在头盔中央，为它照亮前方，贴身处放满了零散的暗器与武器，包袱里还有更多大件的宝物。

紫檀、铜器、象牙、琉璃、虬角、玉石……

来自各处的宝物会聚在包袱里，还有更多金银首饰放在另外一个包袱里。

时间到了，它要走了。

卧室门被轻轻地关上了，父亲第二天才会发现。它一定愤怒极了，而那时，伊莱金已经骑着螳螂与那名通信兵（伊世俑派出通信兵不仅是为了向国王传信，也有将伊莱金接到庐城的目的——甚至不惜绕道，耽误宝贵的战争时间，而且，它求伊世俑的事儿就是让它加入军队，它不想子凭父贵，它想从底层战士做起，凭自己的实力赢得大家的尊敬和崇拜）跑出整个顿诺森林了。

没几分钟，它又返回来了，在留给父母的信上添了几句话——父亲、母亲：原谅我的不辞而别，不是我不爱你们，我本可以继承爵位，但是我不想依靠你们。你们一定会惊讶，你们的独子就这么抛下你们（众所周知，蚂蚁产卵后还需要放在特定的位置孵化，才能够长大成蚁，而亲王家的后裔在一次失火时纷纷化为灰烬，只有伊莱金与另一颗卵幸存下来，但那颗卵不慎遗失了），像那位本该孵化的唯一兄弟姐妹一样不知所终。相信我，我会回来的，凭自己的实力获得财富、地位，以及荣誉！

它一口气写完，将那支金丝楠毛笔揣进了盔甲的缝隙处，又担心会把它遗落在前行路上，就绑到了腰带上。

两只螳螂在空旷的、宁静的街道上奔驰而去。

在颠簸的螳螂之上，伊莱金月下起伏的影子离城门越来越远，隐入森林。

它最后回头望了一眼。

它怎么会不爱自己的家乡呢？它只是想靠自己打拼而已！

整个城市都消失在夜幕之中。

森林的枝叶挡住了伊莱金回首的视线，它不得不专心致志地赶路。

“快点，快马加鞭，我们必须赶上前夜出发的援军，它们刚刚经过塔雅瓦角河，进入卢卡省，距离我们还有近一天的路程！与它们会师，顺着进攻的潮流进入庐城，没人会注意到你的！”

通信兵停了下来，骑着螳螂向伊莱金跑来。忽然，一声鞭响，它替伊莱金猛地抽了螳螂一下，那螳螂细皮嫩肉、娇生惯养，禁不起抽打，受刺激的它不顾前方灌木丛生，没几秒就超过了通信兵。

通信兵惊慌了，它不知道两只买来的螳螂怎么能跑这么快。伊莱金当然不敢带走双子楼的坐骑，所以临时从屠夫刀下买了两只品相稍好的螳螂（螳螂肉在克劳迪娅帝国虽然不是主食，但也是一种肉类，肉类主食是好几种肉虫）。

“等等，速度太快会累着螳螂的！”

通信兵吆喝着，紧跟伊莱金胯下螳螂留下的尘埃。

第三天晚上，伊世俑正在思考该如何获得更多粮草辎重的时候，也就是黑金帝国大将正在与支援它的那支黑金帝国部队的将领商量该如何进攻庐城的时候，伊世俑听见远方响起了号角声和鼓声，像是有大批兵马向这边奔驰。伊世俑非常欣喜，知道国王为它调拨的援军到了。

伊世俑径直走到军队驻扎的地方，向营里的士兵们叫道：“将士们！我们的援军来了，准备武器，准备出发！当然，要见机行事。”

士兵们听到了这条消息，都非常兴奋，个个摩拳擦掌，准备与敌人决一死战。

远处的确是克劳迪娅帝国的十万名援兵，正排列着整齐的罗马方阵行军，方阵的后面就是装载着辎重与粮草的斗车，方阵的前方是一字形排开的二十辆战车。

支援部队的统帅眼见庐城就在前方，就说：“传令，所有部队以方阵前进，直接进攻敌人大营，战车负责开道，步兵随后！”

伊莱金与通信兵骑乘螳螂在统帅的左翼。

伊莱金十分紧张，它虽然打过猎，但还没杀过蚂蚁，它只打过一些小型野兽。

/ 第九章 /

庐城大捷

这时，在王城，魏仰庐正手靠着窗台，惬意地半躺在螳螂车里，与四名手下一起奔赴就任的地方，路上无比平坦。

突然，有什么东西跳到了螳螂车顶上，车顶发出“吱呀”声，它猛然坐了起来，抽出武器，警惕地看着上方。

车顶却猛地刺出了泛着寒光的利刃，又响起了跺脚声，那声音越来越大、越来越烈，车顶竟然在这沉重的声音中裂为两半。

魏仰庐的目光变得呆滞，血液渐渐冰冷。

刺客抽出武器，携手魏仰庐早已反叛的四名手下一起抬出尸体，擦干血迹，并把它的尸体藏起来，与脑袋一起就近处理。

它的尸体被埋在乱坟岗里，也不会有谁来祭拜它，因为谁都不知道它是谁。

这就是权力的斗争。

那刺客脱下面罩，换上魏仰庐的衣服，螳螂车继续前行。

表面上看几乎没有任何变动，因为刺客与魏仰庐十分相似。

只有车轱辘上溅上了一滴鲜血。

这时，黑金帝国的士兵们早就睡下了，只有由五六百名蚂蚁士兵组成的守卫部队在巡逻。

一名守卫部队的黑金帝国士兵看见一支部队正在靠近，并吹着号角打着鼓。先前，它以为是己方援军，不料，又定睛一看，却是克劳迪娅帝国的王旗—— 一棵蓬勃生长的金丝楠树。这是克劳迪娅帝国的象征。

“长官，有敌人准备进攻我军大营！”这支守卫部队的长官非常紧张，冲进大营，把情况禀报给黑金帝国的两位统帅。两位统帅非常震惊，立刻下令让离大营门口不远的一万名蚂蚁士兵迅速组成盾阵，其他的蚂蚁士兵也迅速拿起武器，准备一起保卫阵地！

但是，克劳迪娅帝国的战车却先一步从方阵中杀了出来，极速冲向黑金帝国的阵地！

幸亏黑金帝国的长矛兵来了，这对于黑金帝国是一件好事儿，因为长矛可以毁掉战车的轮胎，或者是杀死拉战车的螳螂，甚至还可以杀死蚂蚁驭车手。

战车分成两排，第一排是长着像推土机似的大脚的独角仙，可以先一步将敌方盾阵给推开，方便后续的战车以及己方部队进攻敌人。第二排是挥舞着镰刀的螳螂，这些螳螂是忠于克劳迪娅帝国的，会用大钳子砍杀敌方士兵。

原来伊莱金与通信兵是唯二与战车一起冲锋的骑兵，统帅只负责跟在后面，指挥步兵们组成队形——一种特殊的、专门进攻敌军营盘的队形。

伊莱金终于砍下了第一刀，那个黑金帝国士兵倒地，鲜血喷洒在它脸上的时刻，它有些说不出来的感觉萦绕在心口，更多的则是杀戮的快感。

恶念赢了善念，好几个黑金帝国士兵在它的刀锋下倒地。

通信兵刚干掉了一个准备偷袭伊莱金的敌兵，可它没注意到后面的一个黑金帝国士兵！伊莱金结束了面前的杀戮，一回头却看见了那张大张着嘴的哀怨的脸，通信兵在伊莱金夺眶而出的泪眼中模糊地倒下。通信兵的坐骑也步了它的后尘。

伊莱金更加气愤了，驱动着螳螂，跨过通信兵与另一名坐骑螳螂的灵魂，接连砍杀，冲锋向前。

敌人的阵列被冲垮了，后排的敌军开始不断溃退，但是，还是有些经验丰富的士兵带领一部分士兵举着盾牌退至战车两边，用武器砍战车上的蚂蚁和坐骑。

幸好克劳迪娅战车的轮子上都安装了镰刀，这让两旁的蚂蚁士兵不是断腿就是被砍翻，或者是失去战斗力，让后来的步兵杀死或俘虏。

克劳迪娅援军的将军盖塞尔坐在前排最中间那辆战车上，大喊着：“冲啊！杀！”

这时，城门打开了，伊世俑坐在自己威风凛凛的坐骑上，也就是那只历经许多次大战的天牛，率领城中所有骑兵向着敌营冲了过去，紧跟着它们的是步兵。

伊世俑的部队呈扇形排开，从另一个门冲进了敌营。

“击退外敌，保卫祖国，冲锋！”伊世俑一边砍杀敌人，一边喊叫着。

它的坐骑天牛非常勇猛，甩着鞭子，打倒了许多敌人。

终于，敌方部队被彻底击溃了，主将被杀，另外一名将军见势不妙，带着残兵败退了。

伊莱金追得最久，追到庐城附近的一座小山坡上，见敌军惊慌失措地钻进了森林，向着两国边境跑去，才泄愤似的吼叫了几声，掉头回来了。

两支军队会师了，伊世俑和伊莱金也会合了，它们的眼神很坚毅，紧紧地握住了对方的手，此时无声胜有声。它们走出了敌营，踏入了庐城。

那晚，在大营，伊莱金很不是滋味。它心里想着至亲，可脑海里总是浮现一个念头——“相信克里曼城的它们也一样”。

这是一种亲情的联系，无论如何也阻断不了。

第二天早上，胜利会师的两位将军早早地就被激动的情绪唤醒，心有灵犀地碰见了，并一起看着战报。“此役，敌军被我军杀死三十八万六千余人，被我军俘虏十一万零八百余人，另外，还有四万零两百余人逃跑了，正在被我军追击。”

“哈哈，兵力如此强盛的黑金帝国都被我军打败了，还有哪个国家能与吾国相提并论呢？”

但是，它们不知道，黑金帝国国内一片愤怒，因此，黑金帝国的新国王又召集了近百万大军。危机，依然一直悬在克劳迪娅帝国的头顶之上！

两个月后，庐城，伊世俑在坐骑厩里，用钳子钳住一条小虫子，正在喂食它心爱的坐骑。

这只天牛可不简单，因为这里虽然条件很差，城市的面积也很小，但却是边陲重镇，所以，伊世俑临走前，它的亲王伯父赠送给它一匹坐骑。这匹坐骑非常高级，是专门配给大官的。它的伯父赠送它这样一件独特的礼物，就是希望它勇猛善战，不惧困难，为帝国守卫边疆领土。到今天，伊世俑饲养它整整三年了。

/ 第十章 /

驯服天牛

可三年前，寒冬，这只天牛还……

在王城，国王的宫殿威武雄壮，座座楼房一直延续到天涯末端，而整个王城能和宫殿相比的也只有亲王府中的那座双子楼了（双子楼是亲王家最重要的家产之一，却不在克里曼城，而在王城，亲王也在王城的原因是自家的克里曼城异常寒冷，而王城却非常暖和，所以每年冬天，亲王都会来到王城居住几个月）。

双子楼出来的坐骑没有一个不是被王侯将相领了去，没错，双子楼每一层只饲养一批坐骑。

这只天牛虽是其中最差的，但也可以在那次逃跑中几鞭子甩倒十几个前来追捕的衙役，最后被小当量的投石机击中脑袋，又被好几个网子套住身子，才在一阵激烈的反抗下束手就擒。

当时，伊世俑正带着几个精兵在街上，一边气定神闲地散步，一边向着亲王家而去……

忽然，它觉得耳旁，先是螳螂的脚爪敲击地面，发出清脆的响声，然后，前面不知从何方传来震动声、人群惊慌奔跑声以及反抗声。

那声音由远及近，可伊世俑早已握紧武器，做好准备。

克劳迪娅军警的反应不是一般的快。

是一只天牛。

天牛刚从双子楼溜达出来，蹑手蹑脚地跨过庭院的门槛，出了亲王府，一到街上就被十几个巡视的军人盯上了。它向前跑，可后面追的越来越多！

它的正前方，拦截它的也不在少数，有士兵在楼房的窗户中举起石头、木棍，掷向它，或是在街道旁寻机丢石头、砸东西，希望能把它打清醒。有衙役在道路正中央搭起了台子，安上了投石机，它一来就把它打个正着。还有捕快（捕快和衙役并不相同，就像是特警和武警不属于一类）站在楼顶，等天牛飞奔而过时用特殊的弓弩将网子发射出去，阻碍它的步伐，或是从高处飞扑下来，套住它，甚至还有士兵拉起了绊马索，要把天牛绊个四脚朝天！

方法五花八门，天牛还是没有抓住。

那天牛在小巷子里窜来窜去，上了主道，在大道上奔驰起来。

它从小巷子里冲出来，身体经历了急转弯，平铺在主道上的砖块竟然折成两半，凹陷进了它下面的土层里。那天牛顿了不到一秒，就又跨步向前继续冲，可却看到，伊世俑正手持宝剑横在它面前。

那着急逃脱的天牛，停了下来，眼中闪过了一丝轻蔑，竟然不跑了，迎了上去。

衙役们、捕快们、士兵们渐渐紧紧地围了上来，但伊世俑却打了一个手势，让它们停下不动。

围观者越来越多，伊世俑却收起剑入鞘。

它双臂张开，攥紧拳头迎着天牛巨大的触手冲了上去。

天牛一低头，一下子甩动鞭子。

那鞭子向它袭来，伊世俑也不惊慌，弯下身子，原地旋转，一个后空翻躲开了连续几道抽打，又顺势拽住那触角！

围观者哗然，议论纷纷。

在这一时刻，伊世俑压住了那条长鞭，又顺势拽住另一条长鞭。

天牛拼尽全力！这鞭子又被甩了起来！

伊世俑竟被甩到了天上！

伊世俑不断在天上变换方向，落地时，稳稳地踩住了那天牛的脖子，死死地按住了天牛，使它体力不支，瘫软地趴在地上。

它带着此时赶到的几位气喘吁吁的精兵，从面面相觑的围观者中离去。

亲王府，伊尔顿亲王一边在院子里来回踱步，一边着急地问着正气喘吁吁跑回来的一个家奴："怎么样，天牛寻回来了吗？"

回答令它失望。

螳螂声响起，亲王才想起今日有访客。

"快点，去准备茶水，招待客人！"

应答声刚过，一只坐骑的触角就刺进了大门。

在亲王的惊讶声中，它开口道："伯父，我来还坐骑了！"

可慷慨的亲王将坐骑赠予了它，因为从这只天牛入双子楼的时候，就没有人驯服过它。

那天牛吃了虫子，愉悦地眯起了眼睛，任由主人抚摸。

这时，遥远的黑金帝国首都格三普比雷的统治者惩处了被克劳迪娅帝国打得大败，并且只带回来残余兵力的增援部队将领。为了对付克劳迪娅帝国，黑金帝国的统治者把一员良将给调到了进攻克劳迪娅帝国的军队里做统帅。这位著名的将军战功赫赫，曾经帮助黑金帝国征服了十九个国家和部落！

但这时的克劳迪娅帝国边境，也就是庐城，没有一点紧迫感！

日子一天天飞逝而过，每天，克劳迪娅帝国都过着平平常常的生活，而黑金帝国呢？天天在边境训练军队，大有一副不攻下克劳迪娅帝国的王城誓不罢休的架势。

终于，黑金帝国努力地练兵，甚至暗中疯狂地征兵，它们的部队已经达到了一百八十五万只蚂蚁士兵的事情，还是被克劳迪娅帝国发现了，虽然克劳迪娅帝国拥有一百五十万只蚂蚁士兵的军队！对此，克劳迪娅帝国伟大的新国王伊泽尔二十九世非常重视，派出十五万大军来这里防御。

假魏仰庐上任已经有一段时间了，现在，它变成了人人惧怕的在衙门深处断案的官老爷。

许多冤案出现在它的手里，但谁也不敢告发。

押上了一个贪官。

贪官，喘着粗气。

它大叫道："冤枉啊！"

"前几日我们接到调查报告，此人贪污了八千九百零七银羽币，赃款已全部被查封，等候您的处置。"

"就这点报告，没别的？"假魏仰庐鄙视地说。

"从它家里，搜出了这个。"

一张密卷。

"有这个，还不处死？秋后斩首！"

它冷冰冰地说，伴随着杀猪般的惨叫。

那张密卷是陆军的就任通知书。

副提辖，尽管是个空职位，又成功地惹怒了陆军。

毕竟，陆军在国王身边还有一位极其重要的人物——领侍卫内大臣兼陆军将军，也是陆军的领导人娄修德将军。

可陆军又接到一个命令，娄修德将军因为年老体弱，又针对空军发表过一番狂妄的言论，所以领侍卫内大臣的职位让给了一名骑兵将领，它却被贬为那名骑兵将领的副官！

骑兵将领还在让娄修德将军替它倒茶的时候要诡计，把滚烫的茶水倒在了将军的手上，导致将军的手被严重烫伤，现在还在骑兵医院疗伤。

这局势极其糟糕，陆军必须得行动了。

它们有两个精锐兵团（每个兵团八千名蚂蚁士兵）、十七个杂牌兵团、九艘战舰、两艘潜艇，以及近百只甲虫，甚至还有六只白鹭（由于各个军种互不信任，陆军自身也有战舰、潜艇，以及空中战斗力量）。

可这一行动却以惨败收尾，国王又抽调走了一些陆军兵力，顶上来的则是精锐禁卫军，还有少量骑兵。它们名为扩充，实际上把许多陆军都抽调到北斯尔港邦去了，更多派遣到了对工业化的克劳迪娅帝国几乎没有作用的克里曼草原，顶替的禁卫军也与当地陆军无法配合作战……

/ 第十一章 /

乐中危机

终于，边塞生活熬到了木旭节！

在克劳迪娅帝国建都王城的第一天，阳光罕见地透过山峰照耀在金丝楠树上，焕发出万丈光辉，木旭节便由此而来！

就算边塞城市也要举办一场像模像样的木旭晚会，整座城市的居民普天同庆！

可是，木旭节的第六天，也是最后一天（王城建成后，阳光聚成一束，照耀了这棵金丝楠树，整整六天，第七天才渐渐暗淡下去，分散了它的光辉，所以木旭节时长六天），住在太守府内的伊世俑却同时收到两条信息。第一条，是大概三个月前那场大战中与伊世俑胜利会师的将军的信，信中说它由于上一场大战带兵有方，直接攻破敌人大营，所以有资格带领二十万大军了，它很感谢伊世俑和它联手的战绩。同时，它说：“我的军队已经从王城出发了，大概还有三天就可以到达，请你放心，同时也请你注意黑金帝国军队！”

“注意黑金帝国军队！”

这句话不断在它脑海里回响，它拿起手下门客撰写的第二条信息。

这是一条噩耗！

上面说，黑金帝国浩浩荡荡的七十万大军，趁着木旭节的狂欢攻破了毫无防备的，从庐城前面流过的塔雅瓦角河北斯尔港邦流域的，整个卢卡省最薄弱处，也是庐城前唯一一个最重要的咽喉波亚加大堤（克劳迪娅帝国第二大河，横穿七个邦无数个邦镇。还有，虽说波亚加大堤属于北斯尔港邦，但是离庐城也只有几百米而已），兵锋直指庐城，以及庐城附近的十几个小邦镇！

更可怕的是，统率这支军队的将军不仅是为黑金帝国立下赫赫战功的将军，更是一位名门将花！

战争的阴云笼罩在两个帝国的苍穹之下。

魏府翻新了，用了许多金丝楠，但主要是坚硬的其他木材。

请的木匠和雕刻师都是顶级的。

那个木匠名叫李荣，不像雕刻师看着那样憨憨厚厚，假魏仰庐连两人的家底都查了一遍，雕刻师连只小蚜虫都没杀过。而木匠以前是屠夫，只因偶遇神秘老人，竟是木匠这行祖师级别的人物，教会了它很多早已失传的手艺，它转行是因为它已是唯一的继承人了。

但它的木工活却做得比传说中的还要好。

乒乒乓乓，精雕细作了很久，再有几天就完工了。

一个侍卫忽然闯进了门，傲慢无礼地说道："你看，时间也不早了，你应该滚回去了吧？！"

这是官府最近的新规定，外人不得在官府里待得太晚，怕外人有刺杀的念头。

李荣正抓紧赶制着一把官帽椅，因为赶完魏府的活，就要马上给另一名骑兵军官打棺材了。那椅子几乎完工，只剩下椅背上两个铆钉没有打。

那名军官在黑金帝国常见的一次边境突袭的时候，高估了手下的战斗力，让敌人杀了。

于是，李荣有些不耐烦地说："哎呀，再给十分钟，保证做完这把椅子！"

可它却在心里默念："信不信我明天也给你打一副棺材。"

因为这把椅子是魏仰庐要摆在卧室里的，侍卫跺跺脚，只能生气地转身便走。

可它刚跨出门，却被另一把早已抽出的剑刺穿了胸膛。

李荣很讨厌这样"狗仗人势"的蚂蚁，小声念叨："希望我真的能替你做棺材，成天放屁的臭虫！"

骂了两句，它一回头，见此场景，吓得魂飞魄散。

杀死侍卫的蚂蚁看了它一眼，也许是觉得一个木匠无关紧要，也许是觉得这事一定会传出去，没必要杀它灭口，也许是觉得木匠的立场是跟它们一样的，因为它听见了木匠骂侍卫的话，所以，它不仅没杀木匠，还像飞暗器一样飞来一块圆形硬币。

李荣反应敏捷，双手合十，接到了那块硬币，身子一侧摔在地上。

冲过来两名府中士兵，却不是侍卫，更不是空军的人，而是骑兵。

开始那人有些招架不住，但是它战斗力很强，重伤了一名骑兵。那名受伤的躺在地上，由于伤重没多久便咽气了，另一名骑兵且战且退，不知道它们俩之间的战火蔓延到了哪里，也不知道谁死了，李荣只听见一声惨叫。

"我只是个普通老百姓，我只是一个克劳迪娅民。"

李荣吓坏了，打着寒战，嘟囔着，拿起钱，逃之夭夭。

它跑到魏府一处安全的小角落，蹲在地上，借着月光，赶紧掏出那块硬币。

它本以为是不值钱的小邦货币，可定睛一看，竟然是价值不菲的银羽币，乐得它笑开了花。想起破茅屋里忍饥挨饿的妻儿们，又听见急促的跑步声向它而来，吓得它慌忙逃窜。

府中一片慌乱，在逃走的时候，它回头望了一眼，啊，不知哪里起火了。

想起工具没拿，它又往回跑了两步，因为工具跟了它两年，尽管有些老旧，但是这个工具还是老师父传承给它的呢！

它走到门口，看见一具尸体，不由得停下来，犹豫片刻，李荣头也不回地跑了。

府里，在激烈地交战，空降兵装束的骑兵正节节败退。

敌方主要是陆军，而且居然出现了为数不多的禁卫军。

那一小队的禁卫军是在一个低级军官的带领下趁火打劫，它们把肩章换成了陆军的，然而战斗力极强，所以敌军也能隐隐约约猜出来。

骑兵的步行作战能力很差，所以一直处于劣势，让它们守卫的是熟悉的地方，加上到后面战斗激烈时，又冲过来数十名骑兵，为骑兵扳回了一局。还有几名是骑着螳螂的，更给陆军造成了巨大的损失。

参战的一共也就两百多名陆军，因为府邸大，一百名精锐陆军就已经可以应付，增加到两百多是因为密谋者们都十分怀疑陆军的战斗力。

密谋者们的指挥官正是娄修德将军。

被杀死的数十名陆军，抵得上增援的数十名骑兵。

两方几乎势均力敌，骑兵的战斗力比步兵更强，其中有一些真正骑着螳螂的骑兵，但陆军方面还有数十名禁卫军撑腰。

战斗以骑兵败北收尾。

第二天，整个王城都震惊了，没有人想到陆军会干出这种事，国王也不敢大肆对陆军进行惩处。杀掉主犯，惩罚了滋事的士兵，将领也只能发配边疆几年，因为陆军战斗力不是最强的，可却拥有五百七十六万雄兵，所以，克劳迪娅帝国所有势力都忌惮它们几分。

但还是发生了这件事情，衙役方面，针对此大案，派出了最厉害的一位长官。它的官衔也较高，只比娄修德将军低一级。

派出了很多衙役，近九千名。

王城的常规驻军是一百五十万，自然不可能有海军和杂牌军（除了城北的一座湖里有少量海军）。杂牌军由于战斗力问题被取消了防御王城的资格，王城的防御力量有一百三十二万左右都是陆军，有七万名衙役维护治安，还有十万骑兵作为机动部队，剩下的兵力还要扣除外围的海军，只有一万五千名左右属于空军，且大多是空降兵，少数才是真正的空军。

空降兵曾经作为一个独立兵种存在，但现在把它合并到了空军。

但九千名衙役实际上是不够的，王城儿人，还有陆军参与昨晚事件的残余力量，还有那么多干涉办案的陆军（那些陆军肯定混进大部队了，只能从伤兵身上开始调查，但魏府根本没有一名陆军、骑兵伤兵，只有一名禁卫军伤兵，但早已在痛苦中死去了）。

从死尸上，当然看不出战斗力，那位名为夔修能的提刑按察使也只能把它归于陆军的伤亡。

它也怀疑这名伤重而死的士兵是禁卫军，因为从私人物品上能够看出蛛丝马迹，但由于它的肩章是陆军的，只能作罢。

它身上有一些陆军非常备的武器，应该是属于禁卫军的，但因为禁卫军援助过陆军一批装备，夔修能只能打消心中的疑虑。

这案件太棘手了，办案的蚂蚁无不感到危机临近。

这案子牵扯到许多军种，太复杂了，稍微弄错步骤，那些有权势的蚂蚁岂不是会把衙门翻个底朝天？

被称作费摩（古玄驹语：断案神）的夔修能愁眉苦脸。

/第十二章/

断案如神

又过了许久，它还没有头绪，只得在魏府附近闲逛，想着心事。

可是，它走近一辆螳螂车时，似乎发现了什么。

它半跪在了地上，手扶着腰间宝剑，仔细查看。

是几滴干涸的血迹。

它的心情立刻变得阴沉，立刻进入断案状态，一下了登上了车厢。

这时，随着“嗖”的一声，有支箭射过来，插在耳旁的木板上，上面绑着一张长字条。

夔修能四顾，未发现射冷箭之人，就读起来：

此时惜别不足惜，

七德九功不足贵。

尺一诏书非天降。

谢世横死无安宁，

世人扑朔不知处。

死身犹被豺狼食，
尸填村居葬亡魂。

它沉吟了片刻，断言：“嗯……藏头诗，可这是谁在引我走向正途？”

“来人！随本官一探究竟！”

不多时，它们根据藏头诗的提示，在附近七尺范围，实际上也只是在隔着围墙的那座早已无人居住的民房中发现了魏仰庐暂未腐烂的尸身。

那现在躺在王宫里的就不是它。

两名士兵把它放在担架上，准备抬向王宫。

夔修能把那封不明来历的信也收好了，准备一并呈给国王。

此时，王宫里，国王看着魏仰庐的尸体，悲痛万分。

“就是这个魏仰庐和以前看到的魏仰庐不大一样。”

国王心中暗想，却看到身边几位近臣都悲痛万分，只得打消心中的疑惑。

夔修能来了。

一系列宫廷礼仪过后，尸体被抬了进来。

几位近臣要么很惊讶地看着它，要么对它骂道：“大胆夔修能，抬具恶臭的尸体，就能冒充魏仰庐魏大人？”

可国王却挥挥手，制止了它们，让它们下去，并叫来了魏仰庐生前很熟悉的空降兵，以及一名御医。

鉴定结果出来了，它是魏仰庐，而旁边那位则不是。

空降兵看到那具还完好的尸体，也就是才被害的蚂蚁，不是它们的老长官。

国王亲自带着侍卫，去找那几个近臣，而它们全都逃之夭夭。

“命令，全城戒严，夔修能，你组织你的部队，再拨给你两百名禁卫军，配合衙役守住主城门。喏，再加一百名禁卫军分到各个小城门，以加强你手下的战斗力。”

在各个军种里，衙役的战斗力是最差的，也只是维持城市治安，所以又派出了禁卫军。

也是为了第一时间把逃跑的近臣押回来，不让衙役在人家贴身处弄点什么，万一是重要的情报呢?

就是不给衙役碰它们的机会。

这些近臣很快都被抓回来了。

“为何欺君？”

“先把每一个都拉出去，重责三十大板！”

国王还不消气，亲自抢过一名衙役的鞭子，狠狠地抽了它们几鞭。

“你们为何要欺骗我，你们为何要参与谋杀魏仰庐？你们明明知道真相为什么不告诉我？”

可它们也不回应，却已口吐白沫，倒地身亡。

“你们怎么了？”

夔修能很生气，不顾国王还在现场，直接踢了最后一个还跪着的尸体一脚，那具尸体也缓缓倒了下去。

“有鬼，肯定有鬼！”

“回去查各个城门的衙役，肯定是它们在捣乱！”

国王走了，夔修能郁闷地命令自己手下的衙役：“走吧，去查自己人吧！”

出了王宫，它才敢破口大骂：“见鬼，那些衙役都是我亲自挑选的，大部分都是守护我府邸的，剩下的都是天天跟随我的人，怎么可能是它们！肯定是禁卫军有鬼，我打赌，我跟你们打赌，国王不会把身边的禁卫军调走的，肯定是皇宫外围的禁卫军！该死，又‘骑’在我们头上！”

对身边的几名衙役训斥了一通，它又哀叹道：“谁叫我们衙役战斗力如此弱，不受人信任啊！”

确实，衙役的战斗力还是不行，可近些年在它的重拳治理下改变很大，战斗力不比陆军的二流部队差。这真让奋力习武的衙役们寒心啊！

因为忠心耿耿的反而被调查，居心叵测的，却能好端端地活着。

现在禁卫军行列里，有两名普通禁卫军忽然离开了其他蚂蚁。

当其他蚂蚁问它们干吗时，其中一个便说：“我们去去就来！”

它们刚走到一处，就脱下了禁卫军的服装，换上了早已放在这里的骑兵板甲。

“锁子甲，真麻烦，又昂贵，穿起来又笨重！”正往身上套板甲的一名骑兵说道。

它俩要回去复命，要出城，到城外的骑兵哨所里，骑兵的最高官员在那里等候多时。

它俩都是中高级军官，加起来能够统领几千骑兵的部队。“除掉了那几个长官早就看不顺眼的人，尤其是其中一个，以为间谍行径做得很隐蔽？一并处理！”

骑上了螳螂，一个挤眉弄眼，掐住自己脖子，做起中毒的怪相。

门口却正好是心事重重的夔修能：“命令还没有解除呢，虽然禁卫军走了，我们一定要查出有鬼的人，它们多半会从这个门逃走！”

这门虽不是正门，但被弩炮射过、被投石机砸过、被烈火烧过，却没有得到应有的修葺。更重要的是，出了门，径直往前走约半小时就是螳螂山（螳螂山面积很大，是克劳迪娅帝国第三大山脉），在上面，就是那座鼎鼎有名的骑兵哨所，那里集中了骑兵一半的兵力。

夔修能早料到是骑兵干的了。

两名骑兵经过时才发现问题，急忙想逃，其中一个却被夔修能一下提起来，扔到旁边，让衙役们捉了。它又紧紧地抱住另一名骑兵的螳螂，另一名骑兵想砍死它，也被其他几个衙役阻止了。

“今天不能再惊动国王了，我们只能先把它们押回去。对了，你们俩看着它们，我会再派人来协助你们的，而且，一定要防止它们自杀！”

它最重要的几名亲信中的两位点点头，准备好了武器。

两名骑兵的武器也被收了，除了一副板甲，它本来就有些磨损，在简短的战斗中也被彻底砍烂了，被扔进了废品堆。

其他武器都被留下，因为板甲十分廉价，损失得起。

可是，其中最重要的一小部分被忽略了，被一名衙役发现了，可它却没有交给长官。

这个物件从表面上看，就是一把兽牙刀，可是，刀柄上却刻着细小的文字，再一仔细看，是用萤石的碎片嵌进去的。

它觉得这件事情有点蹊跷，所以暂时先保管着，如果夔修能需要，它也会奉上。

这名蚂蚁叫吕阴阳，在它的朋友们眼中，它的第六感很灵，算命也十分在行。

它回去算了一卦，预感到今天有蚂蚁为了营救被抓的蚂蚁，还会来抢东西，它能够救出那两名骑兵，有机会拿走那些武器，可却没有拿。

它就自作主张了，没有把这事告诉夔大人，因为天机不可泄露。

它跟长官的感情不是很深，它就是普通的衙役。

/ 第十三章 /

战争伊始

晚上，月黑风高。

一名守卫的衙役对另外一名衙役说：“我去解便，等……等会儿就回来！”

它在厕所里倒是畅快了，留下的唯一一名衙役被蚂蚁反绑着双手，扔到了一边。

两名被捕的骑兵早已等候多时，既然来了，立马跟着它们走。

可它们出狱之后，那些救它们出来的人不仅没有给它俩松绑，甚至还给它们绑上了更牢固的绳子。

“这……”

“它们”的领头蚂蚁微笑不语。

几天后的中午，艳阳高照。

有一名骑兵在守城人推动铰链的脚步声与喧闹声中，穿过黄土路，把胯下螳螂牵到一旁，行色匆匆地走到伊世俑身边。

“我是唯一一名抗命的陆军士兵——庐城的咽喉之地波亚加大

堤，只留下了五百名精锐的陆军，剩下的，包括我的三千名杂牌军也被调走了，调到了千里之外的南斯尔港邦！”

伊世俑沉默不语，但它知道，黑金帝国肯定会乘虚而入，这场战役还没开始，但它们已经不战而败。

这种预感使它十分不安，整座城市也笼罩在这个阴影下，士气低落。“另外一些敌军，大概一百五十名，袭扰了我们曾经守卫的地方，在两方厮杀之时，虽然我们离大堤有一段距离，但因我们正位于山巅上，目睹了整个交战过程。

“当时，敌军在大堤下面叫嚣，还用弓箭射门，于是，大堤里派出了一半兵力与敌方野战。要说，留守的长官真是一个大笨蛋，还不如老兵有经验！它被敌人一激将，就弃城迎战了。这场仗的结果很惨烈，我军的伤亡比黑金帝国大，大概伤亡了两百名蚂蚁士兵吧，我还以为要把我这老兵油子调回去呢，结果那笨官竟把大堤的外围防线放弃了！要知道，我口中的外围防线坐落在大堤左右两侧，占据天险，极其坚固，谁知……”

老兵的胡须因激动和气愤而颤抖。

“长官，要是这样的话，敌人派兵攻打，我们必输无疑！”

老兵叹着气走了，伊世俑当没听到一样，心里却大有想法。

它独自在军营的门口观望，没有以前的那种气氛了，死气沉沉的。

就因为这条消息。

第十四天凌晨，伊世俑跨上城门，披戴着一身铠甲，站到城墙上面，却看见城外的空地上，甚至城外的山坡上都是密密麻麻排列的敌军！

而且，这次跟上一次不大一样。这次，敌军将领让部队在城墙底下一字排开，前五排是密密麻麻的盾牌，盾牌缝里明晃晃的长矛在阳光下熠熠生辉。

而后面，竟然是一排弓箭手。

可是弓箭手后面，竟然什么都没有，只在很远的地方蒙蒙胧胧地看见几辆投石机和攻城车。

伊世俑觉得很奇怪，毕竟在与黑金帝国的战争中，无论是它听说过的，从书上看到的，还是它亲身经历的，都从来没见过这种大胆的排列。

按以往黑金帝国将军的排兵布阵，也可以说是黑金帝国最常见的排列，都是由拿着刀剑的士兵组成的，弓箭手要么在攻城车上面，要么在投石机旁边，这种布局很奇怪。更奇怪的是，黑金帝国的将军把战线拉得很长，由数量庞大的敌军组成的盾阵没有任何突破口，把从正门出去的路堵死了。而且，在这里，弓箭只要发射，大多数会被敌人的盾牌挡下来，得不偿失。而敌军弓箭手的最近射程又恰好距离黑金帝国蚂蚁士兵组成的盾阵后十五厘米，这是一个非常安全的位置。如果骑兵出战的话，弓箭手就会让克劳迪娅帝国损失惨重，达不到上次战斗的效果。而且这里，热油也浇不到，杀伤不了敌人！

不得不说，这真是一步险棋。

伊世俑还没来得及将正在军营里备战的士兵们调上城墙防御，敌人的进攻就已经打响了。

投石机对准城墙，投出了一颗颗坚硬的石头，不断摧毁着城墙。在石头的进攻下，本来在城墙上的守军纷纷后退，四处躲避着能让蚂蚁一命呜呼的石头。

更可怕的是，原本庐城前面有一条临时挖掘的小河沟，虽然不宽，敌人还是可以勉强通过，如果配上热油，就能阻挡敌人进一步进攻，可是，伊世俑还没有找到足够的人手（守军已经在后退了），石头和城墙掉落的碎砖铺满了整条河沟！

城里的投石机开始反抗，砸毁了敌人的几辆投石机，但城里也损失了一辆投石机，还被一块突如其来的、刚好射进军营的石头砸死了十几名士兵！

这时，敌人开始有动静了，伊世俑连忙派出一名通信兵，并通知军营里的士兵，迅速到城墙上集结。

敌人的盾阵里冲出了几千名蚂蚁士兵，它们高举着长梯，以飞快的速度跨过城墙外唯一一道屏障——护城河，就要把梯子架在墙头上。爬上来了！它们后面，又冲出来无数名士兵！

这一切来得太突然了，伊世俑立即命令城墙上所有可以射箭的蚂蚁，不断疯狂地射杀已经沿着梯子向城墙上爬的敌人，不能射箭的蚂蚁则抓起一块块废砖和投枪、短矛，甚至还有上一次战役剩下的，来不及补充更多的热油，反击着敌人凌厉的攻势。

还好后续的一些士兵赶到了，很快加入了激烈的战斗。

由于城墙上的守军不过三万只蚂蚁，所以，根本来不及防御几百架梯子上来的敌军，因此，几百个敌军分别爬上了城墙！

后续的士兵挥舞着武器，举着盾牌，向着掩杀过来的敌人推进，越来越多的敌人爬了上来，但还是有二丨多架梯子被克劳迪娅帝国军队毁掉，五六十架梯子上的敌军被消灭干净了。

那些爬上来的敌人不断地被组成盾阵的克劳迪娅帝国军队士兵们砍杀，士兵们正迅速组成一种最有效的防御——蚂蚁版古罗马龟甲阵。

可是，敌人被杀死了一批，又冲上来一批，怎么也砍不完，倒是克劳迪娅帝国的援军越来越少，那是因为这里不是主城门，而是离主城门最远的南城门，大多数士兵守在主城门。敌人也确实在主城门排列了四五十万名士兵，可是伊世俑没有料到，这只是缓兵之计！真正的主攻方向在南城门！

南城门不仅是防守最少、防御最弱的一座城门，还是城墙最薄的一座城门！因为当初修建的时候，南城门外面只有一小块空地，两旁全是山，所以，就没有浪费宝贵的建筑材料和战斗力量来保卫这里，现在，这里却成了黑金帝国的主攻点！

战斗还在继续，不断有敌人爬上城墙，支援城墙上的敌军。

与此同时，在主城门，负责守卫那里的指挥官看着南城门的方向，心急如焚。它派不出援军了，因为这边，黑金帝国也开始进攻了，而且敌人的进攻相对而言比南城门更加猛烈，甚至用上了火箭，主城墙上着火了，而且火势很大！

因为南城门的守军太少了，用两三万名蚂蚁士兵对抗城外的三十多万士兵敌军士兵，真是寡不敌众了！

/ 第十四章 /

节节败退

这时，敌军中央又是一阵响动，远处的攻城车缓缓地开了过来，上面的弓箭手开始对着城墙射箭！

“它们要用攻城车了！快！快把弩车推上来！”

顿时，几十名士兵飞快地跑到后面，吃力地推动着巨大的弩车，弩车的数量也不算多，就只有十几辆。

等到敌人的攻城车靠近的时候，有蚂蚁大喊一声：“发射！”

顿时，十几支明晃晃的巨箭射了出去，穿透了敌方的攻城车，并牢牢地卡在那里。

伊世備大声吼道：“拉！”顿时，所有没有与敌人交战的士兵都拖着放在箭尾的绳子，奋力地拉着。

顿时，在敌方攻城车内，所有准备等门放下之后冲进城墙的敌军士兵惊慌失措了，左右摇晃着，甚至还有一些站在高处的源源不断地往下掉，砸在下面的敌方弓箭手头上。这使得攻城车下方的敌方士兵纷纷四处逃窜，要么举起盾牌，防御着可能从上面掉下来的己方士兵。

在这片混乱下，伊世俑又命令弓箭手们不断地放箭。

这时候，城墙上的敌人已经所剩无几，大部分都被消灭了，剩下一些懦弱的，也基本上沿着来时的路逃回去了。这时候，城墙上，只剩下不到一百名敌军士兵还在负隅顽抗。

城墙上的战斗虽然已经快要结束了，但是，从梯子上，还有源源不断的敌人正疯狂地进攻，消灭一批，也总会有另外一批从第一个盾阵里爬上主梯，重复上一批的进攻。

弓箭手在不断地射箭，可是，弓箭是有限的，箭的数量在不断减少，敌人的数量却次次增多！

与此同时，在主城门的士兵们被敌人的火力压制得抬不起头来，也只能从城墙的缝隙里向外射箭。这个时候，只有弓箭手才能发挥作用，拿着刀剑的士兵们只有躲藏的份儿，根本无法还击。

“这样下去不是办法呀！”主城门的官员大叫。

那仅有的援兵去支援南城门的守军了，可是，这样下去，主城门的防守就更加薄弱。南城门的战况好转了，但是，主城门，这座城市最重要的关口之一，早已是孤立无援。

这就是黑金帝国将军的计谋。此时，黑金帝国的大将军狄安伯站立在营地里，看着这副场景，它把它的副将叫过来，吩咐了几句。

到了晚上，大规模的战斗结束了，只有一些弓箭手还在断断续续地对射，一支支箭越过夜空，表示战争还在持续。在城墙底下，那条护城河仅剩的没被废砖掩埋的水面，宁静的月光洒在静谧的水面上，泛着惨白的光芒。在河另一边，忽然出现了一些黑影，它们鬼鬼祟祟地，手里拿着兵器与攻城器械，甚至还有一些很稀缺的火药。

它们很快蹚过护城河，跑到了城墙边上，开始用各式器械挖掘起来，并且把东西塞了进去。

城墙上，一排士兵举着盾牌，它们的后面，是随时准备反击敌人的弓箭手。

弓箭手们的箭囊里，箭已经所剩无几，只有零零散散的两三根而已。

那坚硬的箭头在月光下泛着寒光。

忽然，城墙下传来了细微的、不容察觉的声响。随即，城墙下突然响起了震耳欲聋的爆炸声，城墙被炸了，被炸出了一个大口子，正在那里守卫的士兵们惨叫着被抛到天上，又重重地摔进废墟里。

“兄弟们，时候到了！冲啊！成败在此一举！”

黑金帝国的大将军身先士卒地冲过河，靠近废墟。

“快！快点！所有士兵，快去填补城墙！”

伊世俑从梦中惊醒，从城墙的缝隙里爬了出来，看见不远处的城墙被弄出巨大缺口的场景，着急地大声吼叫，不断用手推搡着行动缓慢的士兵，并且抽出了佩剑，率先冲向缺口。

“快！迅速组成盾阵！”

已经靠近的敌军速度越来越快，冲在前面的士兵手里高高举着大木桩，准备冲到克劳迪娅帝国盾阵前，再一下撞开它。

盾阵失守，只是时间问题了！

惨烈的肉搏战就要开始了。

敌军把盾墙撞开了，巨大的冲击力撞飞了几名克劳迪娅帝国士兵，剩下的克劳迪娅帝国战士们猛地冲了上去，给予敌人沉重的打击。

两军交战，在这半明半暗的月光下，根本看不清是敌是友，也只能凭感觉砍杀，凭着一颗闪烁着勇猛意念的心，守卫着这里，战死在这里。

月光一角的地面，照亮了士兵们身上的盔甲，照亮了双方士兵沉重的脚步和倒下的身躯。

越来越多的敌人跨过护城河，幸好，城墙上剩余的克劳迪娅帝国士兵将滚烫的热油倒进了护城河，有效阻止了一批敌人，却没有阻止另一批躲开热油的敌人！

“可援军呢？我们需要支援！它们在哪儿！”

伊世俑一边砍杀着，一边在心里怒吼着。

与此同时，大营里，早已没有了和平时期士兵们熟睡时的鼾声，它们正在和从地道里钻进大营的敌人拼杀，根本顾不上城墙！

“太守！对不起了！我们自顾不暇！”

负责守卫大营的将军叫道。

下一秒，它便惨叫着倒在牺牲的士兵们中间。

那把剑断了，也将它的荣誉折断了，它家族的荣耀和光辉，就这么折戟沉沙了。

它抓起那把断剑，向前爬动着，从下面刺中了一名敌人，可是，它又被另一名敌人的长矛刺中了身躯。

这身躯变得更加沉重。

有敌人不断倒下，可倒下的更多是克劳迪娅帝国士兵。

一个敌军士兵抓着大刀，冲到克劳迪娅帝国象征着荣誉与力量，以及大国地位的旗帜，奋力一砍。

那根伤痕累累的木杆旋转了几圈，缓缓地倒下，并被交战的士兵们践踏着。

这是克劳迪娅帝国的荣誉啊！

城墙上，战斗还在继续，伊世俑不断地叫喊着，掩饰着面对如此数量的敌军的胆怯，鼓舞着战士们，勇往直前。但是，战士们却被敌人的攻击压制得无法动弹，甚至不断被逼得向后退。不能再退了，有几名士兵甚至被骚乱的、溃退的克劳迪娅帝国战士们挤下了城墙。

它们本来是战友，现在却不小心变成了凶恶的敌人，甚至在不经意间开始自相残杀了！

伊世俑痛心地看着这一切，把肩上的将牌取了下来，扔在地上，它不配。

士兵不断地减少，敌人却越来越多，可援军还没有如期而至。

在距庐城三千二百厘米远的地方，救援的军队听着同胞的叫喊声、惨叫声，加快了步伐，却没有蚂蚁注意到，丛林里那一双双虎视眈眈的眼睛。

/ 第十五章 /

战火纷飞

那是未知的力量——一支埋伏在这里的轻骑兵。

在那噩梦般的一瞬间，它们冲了出来，给了猝不及防的克劳迪娅帝国援兵们沉重一击。

只有一万五千名蚂蚁士兵和两辆兵车突围了，负重前行。

即使这些兵力，也只是飞蛾扑火而已，城外的黑金帝国士兵们接近一百万，可克劳迪娅帝国的士兵加起来也只有十万多而已。

尽管战士们视死如归，认为死亡是重生的开始，是伟大的光明，是主神创造的天堂，但步履却变得沉重起来。

它们从伊世俑所在的那座城门，也就是从南城门进攻克劳迪娅帝国的黑金帝国大军的后面攻进去，最终，一万名蚂蚁士兵到达了城墙下，剩下的全部倒在战斗的路上。

第二天早晨，太阳从鲜血与残旗中升起了，连露珠都饱含着热泪。

城墙上的克劳迪娅帝国战士们只剩下了八千名。

残军与败将，正在谱写生命中最后的乐章——为祖国而战的光辉。

它们正在寻找，它们正在集结，它们正在用勇气给予敌人最沉重的打击！哪怕是无处可逃。

这已经是注定的结局。

敌人又杀上来了。

当天上午九时许，庐城城头上，不见了庄严肃穆的克劳迪娅帝国王旗，取而代之的，是黑金帝国暗无天日的黑曜石旗帜。

敌人进城了。

战斗转为巷战，也就是最喋血的一种战斗。

城里的百姓大多数在战争刚刚开始的时候，从一处秘道，即从庐城通向附近一处关卡的通道撤离了。

只有少部分壮丁加入了军队。

伊世俑现在的装扮不再是一名常胜将军的行头，它身上的一切能表明关于荣耀身份的东西都被它扔在地上了。

它现在就像一名普通士兵一样，与两名士兵在房屋里战斗。

忽然，在一个明显的拐角处，冲出来七八名黑金帝国士兵，双方都很意外，过了几秒，战斗就开始了。

三名克劳迪娅帝国的战士呈一字排开，迎接对面冲过来的敌人。

伊世俑先是竖着一刀，将一个敌军的手砍断，再猛地一刺，刺死了那边的敌人。它又向着左边跑去，不料，背后又有一个敌人，拿着长矛怒吼着，即将对着伊世俑的后背刺过来！

这时，伊世俑灵活地躲开了偷袭，并且闪到那个准备偷袭它的敌人后面，狠狠地撞了它一下。这不仅使得它的长矛飞了出去，刺死了对面那个敌人，还让它趴到地上，并被它一刀砍死。

另一边，有一个敌人被两名克劳迪娅帝国战士联手砍死，伊世俑又从后背砍死一个敌人，对面的敌人猝不及防，也被那个敌人砸倒在地，脑袋撞在石头上。另一边，一名战士正被两个敌人夹击，伊世偭连忙跑了过去，砍倒了其中一个敌人，另一个敌人则被那名战士乘胜追击，一下子就被砍翻了。

剩下两个敌人见势不妙，撒腿就跑。

“胆小鬼！给我站住！”那名战士愤怒地叫道，扬了扬手中的武器。

它的武器上面，敌人的血迹顺着刀口往下流，洒在这片土地上。

两个敌人很快被解决掉，只是一名克劳迪娅帝国战士一只绑着小刀的手被砍断了。

这种小伤无关紧要，只需要简单包扎一下。

伊世偭带着两名克劳迪娅帝国战士向另一处两军交战的地方增援，接着与敌人作战。

阳光，透过树干上面的洞口照耀进来。

不知道这是与敌人巷战的第几天了，伊世偭和作战过程中集结起来的二十五名士兵守在一座坚固的碉楼里。

已经打退了十几次进攻，外面尸横遍野。

墙壁上，插满了箭矢。

这堵墙有些年头了，高大的身躯横在那里，却早已斑驳陆离。

每一堵墙上都有一道道裂纹，在其中一道裂纹中，一粒坚强不屈的植物种子随着一阵风晃晃悠悠地飘了进来，现在，它已经成长了，稚嫩的身躯与年轻的脸庞坚强地挺立在那里。

忽然，几个霹雳照亮了天空，一滴从天而降的雨打在伊世偭的盾牌上，滴落在盾牌上一道道斑驳的划痕上，那代表的是战争的沧桑，以及它逝去的青春年华呀！

划痕上的雨滴被摔下来了，融化在这座楼的顶上。

那也是一种同样的沧桑，一道同样代表着这栋楼年华的划痕。

伊世俑跑进了楼道，飞快地跑了下去，到二楼去躲雨。

这栋碉楼有三层，第一层一共有十四名士兵和两只螳螂，现在由于人手紧缺，螳螂的作用已经不是坐骑了，它们效忠于克劳迪娅帝国，它们自愿脱下马鞍，披上盔甲，拿起武器，也随着主人们奋战。

第二层和第一层有些不一样，第一层主要是拿着刀、箭、长矛、盾牌和弩机，它们是近战士兵。

第二层呢，主要是弓箭手，加上伊世俑也只有三名士兵。

第三层没什么实际作用，主要就是用来观察远方的敌军。上面只有一架原始的放大镜。

“今天，黑金帝国没怎么进攻，不知道是在养精蓄锐，还是在进攻我们其他阵地，抑或从别的阵地调集更多的人马。”

在二楼的“会议室”里，一名身经百战的老兵正在和其他的士兵们介绍现在的战况。

这都是一些消极的局势分析。

伊世俑站在楼道旁，想努力地聆听雨滴的声响，却总是静不下来。“是，这场战争本来就让战士们悲观。”

伊莱金走到伊世俑的身后，喟叹道。

它是一个小官。

“唉！这世上最难过的不是边关，而是那可恶的难关啊！”

伊世俑缓缓转过头，意味深长地说：“可现在我们要过的，不是难关，而是鬼门关！”

现在这个战争局势，能活着回家都是不幸中的万幸，侥幸啊！

这太可悲了。

/第十六章/

重重突围

第二天，一名在三楼巡逻的哨兵百无聊赖地握着武器，在墙头上来回走动着。

碉楼前的地面上，一丝可疑的情形都没有，只有几十具尸体和一些燃烧的木头及杂物。

碉楼斜对面的两层楼房里，一片荒凉，有几具黑金帝国士兵的尸体。

在战争中，这不足为奇。

它继续巡逻着。

忽然，背后好像有响动，这声音十分轻微，不惹人注目，却非常可疑。

它觉得奇怪，就握紧了手中的剑，举起了盾牌，警惕地向着那儿走去。

忽然，那几具尸体站了起来，手中拿着一把把弓箭，尖锐的箭头对准它的胸膛！

它惊讶极了，一边把盾牌杵在地上，准备防御射过来的箭，一边大声喊着："敌人！它们要强攻了！"

那几支利箭插在它的盾牌上，还有一支插在它的手臂上。

它连忙向后退，准备到二楼去召集弓箭手反击。

它还没有退到楼下呢，楼对面的弓箭手就开弓射了一轮。

这回，它的运气就没有那么好了，对面射过来的箭插在盾牌上和它身后的墙上，但是偏偏有一支射中了它的肚子。它倒了下去，手中的武器飞下了楼梯，它已经滚了下去，细细的鲜血不断地喷出来。

它摔倒了，觉得眼前天旋地转，重重地摔在楼梯底下，还被飞起的盾牌砸中了后背。

还好，它的剑没有刺中自己，而是插在了它的身边。

它重新拿起武器，叫弓箭手们反击。

弓箭手们的反击比它的声音更快，只见箭射了出去，这时对面的两个敌人被射中，倒了下去，而更多的敌人躲到了窗子后面。

不等弓箭手们继续射箭，六支来自对面的箭又飞了过来，其中四支插在了弓箭手们前面的墙上，可另外两支呢？一支呼啸着穿透了一名弓箭手的弓，这害得它在接下来的战斗中没有适合它的武器可以使用了，它只能用盾剑了。

可另一支箭射得更准，刚好射在了另一名弓箭手的护臂上，这不仅让它只能用近战武器，而且它的一只手还被弓箭穿透，甚至无法握住防御性的重盾。

一楼的盾剑士兵们赶了过来，用盾牌保护着弓箭手们，可这时，敌人只放了两三箭就逃跑了。

往后的三四天，敌人都是这样，跑到附近的楼上，装成尸体，等到我军士兵们走近后就偷袭，并且它们总是在我军的弓箭手反击之前溜走，或者是躲起来。这可苦了弓箭手们，随时都警戒地守在岗位上，箭搭在弦上，瞪大了眼睛，四处张望着。

到了后面，敌人的攻击数量在不断增加，变本加厉地削弱克劳迪娅帝国军队的幸存力量，并且弄得风声鹤唳。

已经被这种卑鄙的偷袭害死了一名战士，并且还让三名战士不同程度地受了伤。

现在，所有士兵在碉楼上走动的时候都会把各种各样的防御性武器顶在头上，生怕因为这种无耻的偷袭而断送了生命。甚至还有暴脾气的士兵，见到敌人的尸体时，就怒火中烧，抓起弓就往敌人尸体上射上两箭。但是随着时间的流逝，还是不断有蚂蚁被射死、射伤。

现在，碉楼里只剩下了十九名士兵。

而它们也只杀伤了二三十名敌军弓箭手。

进入碉楼的第六天，三楼的观测手发现距离碉楼五十到八十厘米的区域，密布着向着碉楼前进的敌军！

在那里，黑金帝国的将军狄兰奇——狄安伯之弟站在一辆克劳迪娅帝国在战斗中遗弃的螳螂车上面，握着武器，对着后面的士兵们叫道：“快点！攻下这儿！”

这次，敌人派出了整整一个方队，大约两千五百名士兵！

尽管，由于黑金帝国的统帅狄安伯先一步消耗了碉堡里的有生力量，也就是之前派出弓箭手不断地袭扰它们，所以，这个方队基本上没有重型武器，只有三台弩车，上面装载的抓钩，用来钩住碉楼上的砖头，并且爬上去。

这是一样在实战中很有用的武器。

伊世俑站在三楼，非常紧张。

它看着远处密密麻麻的火把不断地靠近，就下到二楼，让弓箭手们准备射击。

在一楼，那两门弩炮从堆在阵地外面不远处的沙包、木条，以及一些杂物组成的隔墙中间的缝里偷偷地伸了出来。

所有的盾剑士兵要么站着，检查着自己的武器，要么背靠着围墙，擦拭着自己的盾牌，抑或从防御的缝隙里偷偷地观察走近的敌人。

直到距离十厘米左右的时候，敌人停下来了。

最前面的敌人举起了盾牌，半跪在地上，长矛从盾牌的缝隙里伸了出来，第二排的敌人把盾牌举得稍高一点，第三排亦是如此。

这堵由盾牌和长矛组成的墙缓缓地移动着，向着碉楼的一楼推进。

“惨了！”

伊莱金看着这种所向披靡的战法，叹息道。

“为什么？”伊世俑不甚了解。

伊莱金没有回答，只是轻微地摇了摇头，把深邃的目光投向战火中疯狂进攻的敌人。

有一门弩炮先开火了。

几天前，士兵找到了一些燃油，还有一些棉花絮之类的引火源，它们就用这个在弩炮的箭头上涂上了一点就着的东西。

其中一门弩炮发射的箭将一名黑金帝国士兵的盾牌砸得凹了进去，掉到了地上，并且燃烧了起来，这让那片区域的士兵们被烧得嗷嗷乱叫，还使得那一片队形乱了起来。

趁着这个机会，伊世俑叫道：“开火！瞄准盾牌的缝隙！”

这批箭又射倒了许多敌人。

第二门弩炮也开火了，正好射进了一个较大的缝隙，并且，在第二排士兵与第一排士兵之间的地方熊熊燃烧。

敌人鬼哭狼嚎，不断有敌人被烧死，或者是被烟熏昏。

但是，这种情况只发生在被射中的那一片，很快，第三排的残余士兵顶了上来。

队形又基本恢复。

一批敌人忽然从这堵盾牌与长矛组成的墙中间冲了出来，另一些士兵把盾牌靠在克劳迪娅帝国军队的墙脚上，以此来帮助那些忽然从敌人中间窜出，并试图翻越这里，和伊世俑带领的士兵们近身肉搏的敌人。

与此同时，有十几个敌人翻了进来，更多的敌人也要顺着爬上来了！

伊世俑面对这种险情，再次叫道："继续射击！"

墙后面，第一层的守卫士兵们抓起早就准备好的武器，俯着身子猛然刺过去。

墙上面，来不及跳下来或者是来不及举起盾牌防御的敌人被刺了下来，砸在接着往上爬的敌人身上。

可是，更多的敌人爬上来了。

/ 第十七章 /

苦战求援

在肉搏了一段时间之后，守卫在第一层的士兵们正精疲力竭地继续阻挡着数量上升到近百人的敌军的时候，外面吵吵嚷嚷的声音戛然而止。

现在，只剩下快速奔跑的声音。

在二楼，准备到二楼去观察战况的伊世俑看着围墙外面奇怪的场景，感觉不妙，心急如焚，大叫道："下面的！当心！"

忽然，围墙外面响起了猛烈的撞击声，那围墙竟然被深深地撞退了好几毫米，甚至连支撑墙的柱子都有几根倒了下来。这种撞击不断地持续着，围墙越来越不堪重负，眼看就要支离破碎了。

墙上不断有木屑、灰尘被击落在地上。

墙外，七八个敌人抱着木桩，一次又一次狠狠地撞击着。在墙里，敌人几乎被消灭干净了，或者是落荒而逃，只剩几个还在负隅顽抗。由于外面敌人正在撞击墙壁，所以围墙边就没有出现更多的敌人了。

围墙里的战士们也死伤了四五名。

这时，下起雨来了。

雨点敲击着盔甲。

与此同时，在克劳迪娅帝国王城的朝堂上，几盏宫灯闪烁着，发出微弱的光芒。

在摆放着宫灯的旁边，伊泽尔二十九世坐在最高处的椅子上，微微有些疲倦。

朝堂下面，要么是精神矍铄的文臣，要么是披戴着甲胄的将军。

庐城告急的消息在三十分钟前传到了这里。

消息很简短，几句话："城已破，将已亡，现率二三十勇士扼守一屋！"

信的末尾，签名的旁边竟然写着一行字："援军何在？援兵何在？"伊泽尔二十九世看到这封信沉思了很久，终于，它召集了城内的所有文臣武将。

它不断扪心自问，到底该不该派兵继续去增援？

如果要增援，万一像上次帝国的二十万援军被埋伏着的敌人吃掉了大半一样，十几万蚂蚁士兵啊！克劳迪娅帝国的军队总共也就五百七十六万左右，这是克劳迪娅帝国近代历史中军队最大的损失！

这还根本无法道明如果再派援军，会不会遭到更惨重的损失，要知道，那里地势险峻，援军稍不注意就会被伏击！更可怕的是，就算它立刻派出援军，庐城内的士兵们还有救吗？派出援军还有用吗？

可是，毕竟那里还是兵家必争之地！它真的不敢想象，如果那里陷落了，它应该怎么办，怎么去守住帝国的疆域？

就在它和群臣商议的时候，城内血流成河，英勇的战士们正在不断为国捐躯！

这真的是太难抉择了。

群臣也分成两派，一派是不赞成增援的，一派是赞成的。争论了很久，但还是没有任何决策。

“够了！”

随着这一声大喝，吵吵闹闹的朝堂渐渐地安静下来。

在跪着的群臣中间，站起来了一位老将军。

在军界，它的名声响当当。

“这有什么？十几年前我率领六万士兵打败了敌人七十三万士兵的围攻，使敌军损失数倍于我，现在我还不是好好地站在这儿吗？我去！”

下面还是任何反应都没有。

“国王，让我去吧！”

紧接着，它跪下来，坚定不移地向伊泽尔二十九世请求。

下面议论纷纷。

四五十分钟后，王城的门缓缓打开了，一支整齐的部队开始向庐城小跑着支援战友们。

火把不断地延伸着，越来越长，最后消失在王城边缘地带的森林里。

伊泽尔二十九世在城楼上看着战士们渐渐地消失，感慨万千。

第二天早上，在庐城，那座年代久远的碉楼里，战斗还在继续。

一楼几乎失守，围墙被毁坏了一半，上面挂满了尸体，在它们中间，还有许多燃烧着的火焰、箭头和废弃的武器。在一楼平地上堆积的尸体中间，敌人正冲上来。

它们一边举着盾牌防御，一边三五成群地聚在一起，分成二十几组冲向二楼的入口——那座小小的楼梯。

楼梯口那儿，两名士兵一排，三排士兵守在那里，手中高举着长矛，或是挥舞着剑。

在它们的后面，在靠近那里的楼上，弓箭手们集中在一起，将最后的几支箭搭在弦上，目不转睛地看着敌人一步步逼近。

长矛刺了出去，刺穿了冲到前面的几个敌人的胸膛。

何大壮从集市回来了，他粗壮的手里攥着一张纸。

那张纸上是一份客户清单。

何大壮的第一个目标就是一棵灌木。可庐城……也是一棵灌木构成的！

更大的危机笼罩在城市上空。

“快点撤退！快！撤到三楼去！”

伊世俑正在大声地命令着，不断挥着手。

连二楼都已经失守了，这还要“归功”于不知道什么时候偷偷溜到平时弓箭手们对敌人射箭的位置的对立面上，这让克劳迪娅帝国在庐城内仅剩的力量又损失了一名战士。

本来，在城市的另一端，还有前几天被早就埋伏在城外的敌人吃掉一大半的残余支援部队在抵抗，但现在，它们全部殉国了，这时的它们已经成了庐城内唯一还在抵抗的克劳迪娅帝国军队。

在城外，也只有大概一万三千残余支援部队在山林里面化整为零，继续与敌人作战了。

这时，算上伊世俑，也只有九名战士了。

它们退到了三楼的楼梯上，摆开了架势。

此时，何大壮距离这里也只有两三百米了，他正左右观望着，寻找着客户需要的植物。

敌人再一次扑了上来。

“防住！一定要防住啊！”

伊世俑大声叫喊道。

战斗又开始了。

/ 第十八章 /

无路可逃

这时，何大壮距离这里只有五十米了，他发现了一棵石菖蒲，弯下腰开始挖掘起来。

但他没有注意到，在这棵石菖蒲的旁边，距离那儿十几毫米远的地方，有两名蚂蚁士兵正在一座小亭子里站岗，它们见到这种情况，吓得惊声尖叫，并慌忙找地方隐蔽。

石菖蒲被挖走了，那两名蚂蚁士兵终于松了口气。

“可恶的人类！为什么要挖走我们的瞭望台？”

见到人类走远，一名士兵气愤地叫道。

但何大壮并没有注意到，在那棵石菖蒲右后方二十厘米处，也就是他刚才挖掘的地方后面的一棵榕树上，有一座二三十厘米高的墙，它有两层，其中一层上面的旗帜画着一棵生机盎然的金丝楠树，另一层上面的旗帜上，亮白的背景上，一块漆黑的坚硬矿石在熠熠生辉。这是克劳迪娅帝国与黑金帝国的边界。

战争已经开始了，对于两个天天打架的国家，两国的守卫士兵们都早就习以为常，见惯不怪了。

可是，就在距离这里五千厘米的地方，那儿的边界线都已经被打开了，被黑金帝国占领了，黑金帝国的部队就是从那儿进攻庐城的。

不知道为什么，何大壮偏偏跨过了黑金帝国与克劳迪娅帝国的界线，刚好从被打开的那一段边界线旁边跨了过去，鬼使神差地走向了庐城，也就是客户所需要的一棵灌木。

这时，他距离庐城也只有十几米了。

盾牌不断被敌人的刀剑攻击着，上面不断增添着一道道划痕。

盾牌的后面，几只手紧握着长矛，一次又一次奋力刺出去，不断让敌人节节败退。

在后面，伊世俑举着武器，一边指挥最后三名弓箭手向敌人的先锋射箭，一边提醒着正在浴血奋战的士兵们："坚持住！不要松懈！"

伊莱金愤怒的脸庞上写满了无法阻止的狂热杀戮，一次次疯狂地刺出长矛，刺倒了好几个敌人，甚至还有一个敌人被挥舞的长矛刺中了腹部，被伊莱金愤怒的力量挑翻在空中，它的武器也力不从心地掉在地上了，整个身体呈弓形飞向了后面的十几个敌人。

那些敌人惊叫着四处逃跑，躲避着砸向它们的尸体。

"啊！"

忽然，它的长矛不堪重负了，"吱呀、吱呀"地惨叫了几声后，就折断了，只留下两截不堪入目的伤痕。

伊莱金更加愤怒了，将带着矛头的那一段长矛狠狠地扔了出去，刺穿了一个敌人的胸膛，随即，它又是一阵摸索，从剑鞘里抽出了它的利剑。

"去死吧！"

它一声大喝，在抽出利剑的同时将一个敌人砍得倒退几步，从喉咙里喷出鲜血。

它忽然把头低了下来，看了看手中的利剑，冰冷的钢铁上面还残留着一丝殷红色的鲜血。

士兵们不断狂热起来，以更快的速度杀伤敌人，阻拦着一次次敌人的进攻。

伊莱金忽然想起来，小时候，自己的懦弱。

“哈哈！”伊莱金与童年的伙伴们（伊尔顿亲王乡下行宫附近的孩童）正在一条泥泞的乡间小道上游戏，手里拿着自制的武器——弹弓、木剑，等等。

忽然，草丛中传出了一些细微的声音，有一些小叶子落在了地上。

伊莱金疑惑地自言自语：“啥玩意儿？”

这时，草丛里冲出来一只怪物！

这只虫子相对于这些小蚂蚁来说算是很大的了，它的体长是小蚂蚁们的两倍左右。

这是德国小蠊，一种称霸这个地方的蟑螂。

“啊！天哪！”

那只德国小蠊甩了甩头，大眼睛死死地盯着它们，肮脏的触手向前刨了两步，就向不断后退的小蚂蚁们发动了进攻！小蚂蚁们落荒而逃。

可是，当它们跑了一段时间后，发现身后有一条水沟！

这是一条人类废弃的水沟，可是对于蚂蚁来说就是一条宽阔的大河！

“咦！怎么跑到这儿来了？”

眼见那只德国小蠊不紧不慢地追了过来，它的一个伙伴忽然站了出来，对着身后的朋友们叫道：“我们逃不了了！现在只能把它赶走！才能离开这里，逃脱险境！”

说着，它挥舞着手中的玩具武器，冲了上去。

其他几个小伙伴也冲了上去。

可是，伊莱金才走了两步，却又畏畏缩缩地退了回来。

远处，那只德国小蠊本来只想凭借体形的优势欺负欺负几只小蚂蚁，没想到它们还敢迎面反击！

论战斗力，德国小蠊一点也不占优势！

毕竟，它们既没有国家，也没有部落，就是成天到处游荡，寻找着食物维持生命而已。

可就算这些幼蚁尚小，它们也是来自一个高度发达的帝国呀！

但德国小蠊到了这种地步，也只能咬牙坚持。

伊莱金一个朋友的武器砍断了那只德国小蠊的腿，这时它痛得左蹦右跳。

小蚂蚁们见到这种情况，继续围攻它。

那只开始站出来说话，领导大家勇敢反抗的小蚂蚁将手中的木头长矛狠狠刺向了那只德国小蠊的肚子！

德国小蠊倒下了，头抬起来一下就死去了。

“耶！胜利！消灭侵略者！”

几只胜利的小蚂蚁扛着武器向回走，丝毫不理会胆小的伊莱金。

“它们觉得我胆小，故意不理我吧！”

在这个帝国，全民皆兵，是不容忍胆小鬼存在的。

伊莱金从回忆中抽离出来，面对现在勇敢的自己，会心一笑。

它又看到两个敌人。

那把跟随它两年、杀死无数敌人的利剑猛地挥了出去。

鲜血从剑刃上飞溅了出来。

它变得更加冰冷。

/ 第十九章 /

绝地反击

这时，在距离庐城四十米的位置上，一棵布满青苔的树桩上，何大壮正在上面惬意地晒着从密不透风的树叶中漏下的一丝阳光。

这时，碉楼下，黑金帝国将军狄兰奇站在密密麻麻的敌人中间，恨恨地说："这些个顽固的敌人！来！使用'撒手锏'！"

它们带来的唯一的重型武器——三门弩炮上沉寂多日的抓钩终于发力了，它飞了出去，在一片呼啸声中，在它身后的是一根坚硬的铁绳。

本来缩成一团的抓钩张开了魔爪，紧紧地抓住了碉楼三楼的墙壁，它钩落了许多墙灰，它们落在泥土里，落在战火里。

"爬！爬上去！"几名身手敏捷的黑金帝国士兵正在一步一步地顺着抓钩的绳子向上爬。

这时，敌人的攻势越来越猛了，守卫在楼梯口的士兵们不断后退，场面拥挤，伊世俑都被那股力量挤了出去，摔倒在阳台上。可是，阳台墙面上似乎有什么东西在反光。

它爬了起来，向着那里跑去。

“啊？”

原来，是黑金帝国的弩炮！

那几名士兵都爬到二楼了，正在不断地向着上面进发！

“我懂了……这些浑蛋是想从背后偷袭！”

“弓箭手们！过来帮我！”由于正在与敌人作战的盾剑士兵们抽不出身来，它就叫来正在用弓箭反击不断向上爬的敌人的弓箭手们。

“准备！”弓箭手们抽出了最后的十几支箭。

“射击！”三支箭旋转着，带动着一片呼啸的空气，其中两支命中了敌人，另外一支摩擦在铁绳上，直线下坠。

又一个敌人惨叫着掉了下去，可另一个被射中的敌人却死死地抱住绳子不放。

伊世俑大喊一声，用平生最大的力气狠狠地砍断了离它最近的一根铁索！

铁索迸出了绚丽的火花。

在下面，狄兰奇眼见上面的士兵就要失守了，恼羞成怒：“弓箭手呢？快点！”

楼上，伊世俑见大事不好，就对正准备进行下一次攻击的弓箭手们喊叫着：“隐蔽！找掩护！”

几百支箭密密麻麻地射了上来，它们要么稳稳当当地插在早已千疮百孔的墙壁上，要么就从隐蔽着的克劳迪娅帝国战士们的头上飞过去，消失在灌木丛上面密密麻麻的树丛里。趁着敌方弓箭手们换箭的时候，伊世俑连忙对着弓箭手们耳语道：“愣着干吗！快去把敌人的箭捡回来呀！”

这时，三名弓箭手的箭加起来也只有十三支了。

“不吉祥的数字。”伊世俑嘀咕着。

敌人又开始放箭了，可是，捡回来的箭加上原来的箭都还是微不足道。

忽然，伊世俑瞧见三楼平面上由废木头组成的简易观测塔上的一些木板。

“木板？箭？”

伊世俑想出了一个好主意。

敌人又开始射击了，伊世俑连忙趴下。

等到敌人开始换箭的时候，它就撒腿向着那座简易观测塔跑去。

敌人又开始射箭了，一名弓箭手连忙喊叫道：“当心！”

伊世俑点了点头，把手中的盾牌背在背上，抓着剑向前爬。

它终于爬到了简易的观测塔上。

敌人射的箭密密麻麻的，大多插在这座可怜的观测塔上面。伊世俑顺着这些箭无意间构成的“楼梯”向上爬。

可是，当胜利在望的时候，底下的箭雨又射了过来！

它十分焦急，一只手把剑插在支撑着这座观测塔的木棍上面，保持平衡，另一只手把背上的盾牌抽了出来，防御着敌人射向它的箭。

十几支箭射在了简易观测塔上面。

伊世俑看着盾牌上还在轻微摇晃着尾羽的两支箭，松了一口气。它拿着木板，把它扔了下去。

早就待在下面的弓箭手们会意，把木板挂在了墙上。

这几块木板体积都很大，只用一块木板就可以插上十多支箭，更别说还有三四块了。

楼下，无奈的狄兰奇见到敌人竟然做了缩头乌龟，也只能一边下令继续放箭，一边骂骂咧咧地指责敌人的胆小。

不一会儿，三名弓箭手的箭筒都已经没有容纳下一支箭的空间了，就这样，地上都还堆着二三十支箭。

“还好，楼下的笨蛋在不断射箭，它们的箭越来越少，可我们的箭却越来越多呀！”

一名弓箭手摸了摸鼓鼓囊囊的箭筒，笑道。

可是，在楼梯口，克劳迪娅帝国军队又损失了两名战士，尽管敌人的尸体都堆上了几层，但是它们被逼得不断后退，二分之一的楼道都被敌人占领了！

伊莱金望了望背后一边战斗一边一退再退的战士们。

三楼——一个绝对没有任何退路的地方，但同时也是最后的避难所。

忽然，在伊莱金思绪转移的时候，一名敌人跳起来，意图挥剑攻击它！

它忽然感到了背后的一丝凉意，猛地转过头来，见到那名意图攻击它的敌人离自己越来越近，它连忙举高盾牌。

那个敌人冷笑着，笑伊莱金的一丝漫不经心，笑即将得手的胜利。

敌人被它身后战友的长矛刺中了，被那股力量刺到了墙上，又瘫软地落了下来。

伊莱金厌恶地瞧了瞧它，继续挥舞着武器，与不断跨过己方尸体的敌人作战。

与此同时，何大壮拍了拍被苔藓里蕴藏着的雨露浸湿的裤子，继续寻找灌木丛。

他远去了。

这时，二楼台阶上传来了几声异响，那声音越来越大，伴随着敌人震耳的号声，出现在楼梯口的，又是一块巨大的木桩。

“快！组成防御队形！”

本来还剩几排的克劳迪娅帝国士兵们把一些盾牌举得高高的，顶在头上，而另一些盾牌则被靠在地上，长矛从缝隙里伸了出来，两侧伸出来的是一把把沾满鲜血的剑。

那块几乎被撞裂的木桩狠狠地撞了上来，把前排的盾牌撞得连连后退。“撑住！”

这时，面对这种攻城强有力的武器，它们也只有防御的份儿，连招架之力都没有了。

接着狠狠地撞击，两名力气比较小的士兵甚至被撞倒在地，又被不断后退的士兵们踩到。

再一次猛烈地撞击。

/ 第二十章 /

无力回天

盾牌阵土崩瓦解，早就在旁边等候多时的敌人见状，连忙掩杀了上来。

“快撤呀！撤到三楼去！”

伊世俑看到这个场景，连忙命令道。

士兵们都纷纷撞倒在地，被突如其来的敌人进攻得无力回天。

现在，剩下的士兵已经完全不够组成任何阵法了，面对疯狂冲过来的敌人，加上弓箭手和伊世俑，也只剩下了七名士兵。

士兵们各自为战，弓箭手们的弓箭在这种近战的环境下没有任何用武之地，于是，它们就撤到那座瞭望塔上面，可它们却发现在这种混战的场面下，哪里分得清敌友？

伊世俑横下心来，把仅剩的一根绳子抛下城墙，对着残余的战士们大声喊道：“快！从这里撤退！”

此时此刻，这也是唯一的方法。

可是，随着那根绳子不断下落，它最终摇摇晃晃地定在了二楼与一楼之间！

“怎么办？绳子长度不够！”

伊世俑在心里焦急地呐喊着。

更可怕的是，这根绳子的承重量应该并不强，原来也只是用来捆绑一些浮木的。

管不了那么多了！伊世俑握紧了绳子，奋力一跃！

它紧紧地抱着绳子，不断地快速下滑。

它背着盾牌，手里握着的却不是它的剑，而是一把借来的弓箭。

在楼下，随时守卫着，以防其他残余的克劳迪娅帝国士兵们来支援。这里的两名敌兵发现了伊世俑，由于它们手里没有远程武器，就大声喊叫道：“有蚂蚁要逃跑了！弓箭手们！快来！”

伊世俑射出的利箭比它们的声音更快，利箭所到处，那两名敌军士兵中箭倒地。

它滑行到绳子的末尾时，奋力一跳，就跳到了旁边的一些稻草上面。

原来，这是伊世俑早就准备好的。

随着伊世俑迅速、安全地滑到地面，弓箭手们也开始准备通过绳子逃离这里了。

这时，一些敌人看见了准备逃跑的弓箭手们，从刀剑士兵们防守的缝隙里杀向了弓箭手们。

两名弓箭手连忙抽出箭，开始射击冲过来的敌人，另一名弓箭手则快速地抓住绳子，回头望了一眼冲过来的敌人，开始快速地撤退。

就这样，三名弓箭手交替着撤退，其他弓箭手们也纷纷逃离这里。可是，经过一阵战斗，与敌人近距离搏杀的战士们却也只剩下两三名而已。伊莱金是其中之一。

楼梯上的敌人渐渐反应过来，又开始向着已经没有防守的楼梯口冲锋，追击准备撤退的克劳迪娅帝国士兵。

一名士兵已经滑到一半了，伊莱金和另外一名士兵则背靠背举起武器，为撤退进行掩护。

可是，就在那名士兵即将滑到底部的时候，有几名随着黑金帝国大部队冲到三楼来的敌军弓箭手对着绳子射了三箭。

其中，一支箭插在城墙上，一支箭飞到对面的楼上，可那剩下的一支箭便不偏不倚地把绳子射断了。

那名刚刚离开二楼位置的战士重重地摔在地上。

伊莱金与另外一名战士又砍杀了许多敌人，却被敌人逼到碉楼的边缘，退无可退了！

“死也不能做俘虏！”

它们俩肩并着肩从楼上跳了下来。

那名战士运气不好，直线坠了下去，砸在地面上，受了重伤，嘴里不断冒着血泡。那名第一个下来的克劳迪娅帝国战士运气更差劲，它没坚持一会儿就牺牲了。可是，伊莱金的运气却出乎意料地好，它掉在了二楼的平台上。

它又砍杀了几名靠近二楼边缘的敌军士兵，可是，那些反应过来的敌军士兵开始向这里聚集。

它忽然回头一看，看见楼下的那些稻草。

此时此刻，二三十个敌人从伊世俑的附近冲了过来，伊世俑不得不率领着剩下的战士们撤退，顾不上还没有下撤的伊莱金了。

伊莱金见到敌人逐渐逼近，一跃而起。

“啊！”

它重重地摔在稻草堆上，所幸，并没有受重伤，只是手臂被一旁的铁桶刮伤了。

它挣扎着，用手里的盾牌支撑着自己的身体，站了起来，可盾牌又裂成两半，像雪崩似的不断分裂，最后变成十几块，碎裂在地上。

它向前走了几步，拿起了一名黑金帝国士兵在战斗中遗弃的盾牌，拍了拍上面的灰尘。

这时，附近又有了一阵阵骚动声，它连忙躲在建筑物里，把头探出去观察情况。

原来是黑金帝国将军狄兰奇派出去支援追击伊世俑和它的战友们的敌军小队。它们向着伊世俑和另外几名士兵逃跑的方向而去。

“还好，它们不是冲着我来的。”见到敌人逐渐走远，伊莱金长舒一口气，轻轻松松地向着城墙的方向跑去。

它跑了一阵子后，气喘吁吁地坐在了一块大木板上：“累死了！先休息一会儿再走。”

它正惬意地躺在大木板上休息的时候，在距离这里不远处，伊世俑和另外几名侥幸逃脱的士兵正在疯狂逃跑，它们身后，追逐的敌军从二三十名增长到了五六十名，正紧紧地咬着它们不放。

“天哪！它们体力怎么这么好！”伊世俑背着一名士兵，气喘吁吁地说。

敌人越来越近了，仅剩的三名弓箭手边跑边射，射死了几个冲在最前面的敌人。

敌人也有些力不从心，渐渐地，甚至有十几个敌人都没有跟上追逐伊世俑它们的同党。

敌人越来越近了，伊世俑一边逃跑一边寻思着该如何逃出生天。

“没……没路了！”

随着时间不断逝去，伊世俑与残余的战士们到达了城墙底下。

伊世俑和士兵们不断靠拢，像翅膀一样背靠着城墙。

伊世俑回头望了一眼。

它缓缓抽出剑。

它看见上面那种独特的花纹，里面蕴含的丝丝血迹，正在阳光下泛着灿烂的光芒。

“战斗，到最后一刻！”

它猛地一抬盾牌，将内心如火一般燃烧着的激情点燃了！

“冲啊！”

所有战士都被这种最真实、最贴近心灵的呐喊震撼了，纷纷大喊着，高举武器准备冲向杀戮，冲向决战，冲向死亡。

许多敌人都被这种声音震慑了，微微地向后退缩着。

伊世俑迈出了脚步。

“杀！杀呀！”

距离这里不远处，伊莱金听见了这个声音，这声音又熟悉，又感到陌生。

它从未见伊世俑这样疯狂过。

它已经万念俱灰，抛弃了所有它爱着的，它痛恨的。

只剩下了，最后的奋力一击。

/ 第二十一章 /

神迹显现

伊世俑与敌人越来越近了，它高高地举起了武器，将一个率先迎战的敌人刺穿了，血循着剑的锋芒，从同样的位置迸出来，飞溅在这片热土之上。

它身后，一个敌人狞笑着，它的长矛化为一股强劲的力量，从伊世俑的耳旁呼啸而过。

它回头一剑，将那杆长矛砍成两截，再顺着这股力量一跃而起，将敌人的头颅斩断。

它坚定的眼神眺望着前方黑压压的一片敌人，愤怒的眼神穿透了敌人的胸膛。

一种极其神圣的力量飘荡在它上方，那是一种战斗的灵魂。它忽然低头，看了看手里握紧的武器，杀戮的助手。

这才是真正的灵魂，血液激活了它，复苏了它。

它又冲了上去，砍翻了两个敌人，继续向前方二三十厘米敌人组成的盾阵冲去。

那些敌人见到冲过来的克劳迪娅帝国军人形单影只，就散开了队形，最前排的几个不怀好意地向伊世俑捅了过来。

伊世俑却把剑插回剑鞘。它捡起地上一杆沾满尘土的长矛，双手握紧矛柄，咆哮着冲了上去！

见状，那几个敌人也高举着武器奔跑了过来。

伊世俑挥舞着矛杆，避开两个敌人的盾牌，挥出一个完美的弧线，挑开了它们的喉咙！

它向倒下的两个敌人暴露出的侧翼划过去，一个腾跃飞驰，刺向敌人刚刚好！那凌厉的力量在穿透了一个敌人的胸膛后，它又在空中一个回旋踢，狠狠地踢到了那杆长矛的末尾，这时长矛再次刺穿了一个敌人的盾牌，连带打倒了两个敌人！

它拔出剑，砍断了面前一个尚未断气的敌人的喉管，又插在地上，握着剑柄怒视着其他敌人。

“来呀！哈哈，你们这些浑蛋！”

它的眼睛里，布满了血丝、尘埃以及那种悲愤的情感！

敌人回过神来，怀着一种敬畏的心情与它继续战斗。它不断地砍杀着，斩断一个个敌人的头颅，撞碎一个个敌人的胸膛。

但是，尽管它们背水一战，却依然弥补不了数量上的悬殊，它们寡不敌众，克劳迪娅帝国将士们逐渐后退。

伊世俑还在与四五个敌人缠斗着，灵活地一边躲闪着，一边怒吼着，在敌人的血液中寻求着灵魂的安慰。

它就像远古那场闻名遐迩于蚂蚁世界的战役中英勇奋战的战神一样，在世界末日，在火山脚下不断释放魔力，摧毁世间一切美好事物之时，它与比自己强大数倍的敌人战斗。它的盔甲逐渐破碎，一块块脱落下来，它的盾牌在火山烈焰的灼烧下灰飞烟灭，它的剑断成两半，消失在熔岩深处……

它虽然死去了，但是伟大的灵魂从残缺的躯壳中脱离出来，教会战士什么是勇气。

现实中，伊世俑终究阻挡不住一次次的进攻，但它两腿一弯，跪在地上，举着盾牌，防御着敌人一次次近乎歇斯底里的进攻。

那是一种恐惧，也是一种源自恐惧的崇拜。

忽然，一声仿佛毁天灭地般的声音响彻云霄，有什么东西重重地落在地上，绽放着刺眼的光明。

“咔……这声音……”

三年前，年轻的伊世俑正与十几名兄弟在通往一个习武场的路上，用国王赏赐给所有王子的武器练习着，边打边向着习武场走去。

一共有八个习武场，这是最好的一个。

“听说许多将军都是从这儿选拔出来的！”一个王子说道，眼睛里充满了希望与向往。

“可不是吗？最起码能当个太守不是？”

另一个王子拍拍伊世俑的肩膀，说道。

在习武场上，这里不仅会传授如何使用各种各样的武器，让王子们练习杀敌，习武之余，还会教导它们人生真理。

亲王走了上去，它是伊泽尔二十九世的伯父伊尔顿亲王，身经百战，现在年纪大了，虽然腿脚不如之前灵活，但是它战神一般的经验，依旧能够震慑这些年轻的王子。

伊尔顿亲王顿了顿，严肃地说道：“王子们，过不了多久你们就要进入部队，无论是做战士，还是做将军、太守，都要明白一点：战争随时爆发！”

它又说：“好的，王子们，我们进入今天最后的话题。

“我们的世界，不是只有昆虫这一种生命。

“神，是我们凡蚁无法捉摸的，它们存在于现实又存在于虚幻，时而又存在于脑海，时而又存在于天堂。

“它们主宰一切！

“在这片土地，我们有许多敌人又有许多盟友，可是，我们心中所信仰的却是同一个神，严格来说，它们是一个完整、伟大的民族。

“它们无所不能！

“神族！

“我们蚂蚁与神区别太大，其中最大的区别无非就是蚂蚁是肉身，尘归尘，土归土，一代代繁衍，可神却是灵魂，存在于永世轮回之间！”

全场响起了一片片赞誉的呐喊声。

它又说：“万物冥冥之中，神永远注视着我们，它欣赏勇气与生命的力量，无论我们在哪里、来自哪里、结束于哪里，神都会引导我们走向圣洁的光芒，重获新生！”

全场如雷鸣一般响起激昂的呐喊声……

有什么东西吸引着它，使它缓缓地腾空而起，还有四周，笼罩着圣洁的白光，轻柔地抚摸着它。

“神……它出现了。”

它用仅剩的微弱的力量支撑着身体，看着四周的一切神迹，微笑地享受着它毕生最希望见到神的一刻。

它消失在了云层之中。

/第二十二章/

起死回生

而在它的下方，与它带领的残余士兵作战的敌人纷纷倒地毙命。

在不断作战中，越来越力不从心的战士们愣愣地看着四周倒下的敌人，举起武器欢呼了起来。

此时，圣洁的白光正在不断地消散，逐渐收拢在云层里，又忽然聚合成一道光芒万丈的亮光，一瞬间消失在天空中。

士兵们缓了过来，此时，伊莱金气喘吁吁地赶到了，对着正在原地休息的战士们说道："快点！大家别休息了！赶快想办法逃离这里！"

它说这番话的时候，敌方的将军狄兰奇已经得知克劳迪娅帝国军队逃跑的方向出现了神迹，而且让自己损兵折将，更加被激怒了。它们认为神不眷顾黑金帝国，却每次挽救克劳迪娅帝国，盛怒之下又派出了五六百名精锐战士，去拦截准备撤离庐城的克劳迪娅帝国士兵。

由于在打斗的时候，城墙上没有任何动静，所以，剩下的士兵拜托它们临时的长官伊莱金观察一下。

伊莱金顺着城墙上的缝隙轻轻地努力攀爬着，不断向上，终于一个翻身，翻到城墙上。

伊莱金警惕地左右看了看之后，就摸到城墙旁，示意楼下的战士们先找地方隐蔽起来，而它自己走到前面去探路。

伊莱金非常警惕地轻轻行走着，生怕不小心惊动了胜利者们。

远处，在大营里，还隐隐约约地听见黑金帝国士兵们正在一边敞开肚子喝酒，一边载歌载舞又蹦又跳的声音。

它继续向前，背靠在一个拐角上，偷偷探出头来看前方的情况。

距离伊莱金不远处，有两名敌军士兵正抱着长矛，百无聊赖地坐在两只箱子上。

距离它们三十厘米的地方，八名敌军围拢着能够打开城门的铁链。

“不行，一只蚂蚁在上面还是会被敌人发现的！”

伊莱金连忙返回，轻手轻脚地走到爬上来的位置，从贴身的地方摸出一根笛子，轻轻地吹出了几个音符。

这时，建筑物里，克劳迪娅帝国战士们纷纷从藏身处跑了出来。

这是克劳迪娅帝国战士与同伴们的联络方式。

在每一个身负一官半职的蚂蚁战士以及数量少之又少的通信兵身上，笛子就是必备武器。

伊莱金抛下了一根绳子，让城墙底下的克劳迪娅帝国战士们到城墙上来协助它一起逃出生天。

士兵们把武器收了起来，排成一列，蹑手蹑脚地重新向伊莱金到过的那个拐角处前进。

它们要想出城，首选就是打开城门，这是最直接的办法，尽管这非常容易被发现。

绳降也是一个好办法，但是绳索的长度不够，它们必须想个办法找到一根长绳，因为绳降神不知鬼不觉，尽管还是要经过敌人占领的地方。

有没有两者结合的方法呢？

伊莱金脑海里翻滚出了一个大胆的计划。

它看了看身后，加上自己刚好十四只蚂蚁战士。

那两个敌人已经从箱子上站了起来，开始四处走动着，防御着敌军的进攻。

从一个敌人的身后，伊莱金呼啸而过，它经过之处一切生命都化为泡影。

它挥挥手，招呼后面看呆了的战士们："看什么？没见过死神收割生命吗？"

它们走了上来，脱下了那两个敌人的衣服，披在身上。

"这臭皮囊。"

与此同时，在天空中，晶莹剔透的水晶泛着奇异的光辉，不断注视着世间万物，将慧眼望向大地。

伊世俑缓缓地飘浮到了这里，一座由水晶组成的宫殿，永远飘浮在长空万里的宫殿。

神址。

伊世俑的身体在奇妙地变化，它身上的处处裂痕被一种青春活力包裹着，使它不断生长着、变化着，伤口渐渐消失，给予它轻轻的爱抚。

伊世俑睁开了眼睛，眼前什么都没有，除了不断泛着光的，空空荡荡的水晶宫殿之外，只有一团光。

伊世俑不禁疑惑地问道："天神呢？您在哪儿？"

那一团光竟然开口了，威严的声音一次次扫荡过这座空灵的殿堂。

“你尊称我为神？”

“难道您不是吗？高贵威严的神。”

“哦。”那团光移动了两下，忽然幻化成一只蚂蚁，它的体形、外貌都与伊世俑惊人地相似，并微笑地注视着它。

它紧接着又变化了，时而变成各位列祖列宗的模样，时而变成各种各样的坐骑，时而变成各种各样圣洁的宝物。

“我不是神，孩子，你要记住这一点。”那团光又变成伊世俑心目中的威严模样，缓缓开口。

“用下凡的态度去面对芸芸众生，你才可能成为它们的神。”

伊世俑无比震惊，搜索着以前无数个日日夜夜在睡梦中对神的想象。

“去吧，我的孩子，为保卫国家，战斗吧！普天众神将为你骄傲！”

忽然，伊世俑回到了城墙上，回到了克劳迪娅帝国将士们的中间。

那团送它回来的光瞬间消失了。

“长……长官？这……”伊莱金觉得背后有一道光芒，再回头，真正的战神——伊世俑——已经站在士兵们中间，微笑地注视着它们。

它们激动地拥抱在一起。

几分钟后，它们又拐过几个拐角，干掉几名四处巡逻的敌军后，看见了不远处那座塔楼。

那就是打开城门的所在。

/ 第二十三章 /

杀出庐城

一股凉风刮了过来，士兵们觉得有些瑟瑟发抖。

在塔楼里，几名敌军士兵及一名肥头大耳的军官围着一个小火堆，上面架着鲜美的蚯蚓肉，旁边摆放着大杯美酒。

“笑吧！喝吧！过一会儿你们就只能去地狱了！”

伊莱金抹干剑上的灰尘、血迹，看看不断变冷的天气中的自己与战友们，又看看塔楼里不断洋溢着的火光与欢笑，冷冷地说。

它的道德情操已经被这场毫无人性的战争摧毁了。

它在战争中只剩下杀戮，没有一丝仁慈。

当然，道德情操与生命孰轻孰重，战士们都是明白的，当然也不会做傻事。

塔楼离这里还有些距离，它们小心翼翼地一个接一个地通过这随时可以被敌军哨兵发现的危险地带，不断集合到塔楼的两旁。

战斗的力量在继续，不杀戮怎么能了结呢？

它们以迅雷不及掩耳之势疯狂地冲了进去，几下就解决了剩下的敌人。

伊世俑扫了一眼，天底下没有活路了，就抓起那块蚯蚓肉，大嚼了一口，将它扔在炭火里。

“可惜了，伊泽尔二十九世制定的什么国法？不准吃敌人的东西！”

个头最大的那名战士早已饥肠辘辘，见到被糟蹋了的蚯蚓肉，愤愤不平地说道。

只有两名战士没有换上敌人的衣服了。

这时，塔楼的楼梯上，响起了一阵阵愉快的歌声，竟然是两名哨兵从楼上下来与士兵们分享美味来了。

它看见了克劳迪娅帝国的士兵们，它们也同时看到了敌人。

它躲闪不及，被一名弓箭手的箭射中了，尸体倒下去，砸在了后面一名没被射中的黑金帝国士兵脚下。

弓箭手又射了一箭，却被它慌张举起的蚯蚓肉盘挡住了，它把肉扔在地上就逃跑了。

这么近的敌人跑了，还没来得及动身就听见了伊世俑的声音：“等什么？快干掉它！”

跑了一会儿，那个敌人被逼到绝路。它瑟瑟发抖，面对前方数目众多的敌人，知道自己活不了了。

它抽出了弯刀，闭着眼睛大喊道：“要死也不能死在你们手里！”

弓箭手的箭比它的刀更快，它被射倒了，眼睛瞪圆，把刀直挺挺地插在地上，刀柄都已经弯曲。

它掉到楼下，重重砸在地上，眼睛直勾勾地盯着它魂断的地方。

“去，去把它那身臭皮囊扒下来。”

伊世俑命令最后一名士兵。

它嘟囔着下楼了。

过了两分钟，塔楼里，混过了查岗的黑金帝国士兵以及附近敌军的眼睛后，那里还站着四名战士，其中一名对另外几名说道：“它们下去了，敌人也暂时离开了，我们开始吧！”

它们几个用力地推动铁链，城门随着它们的用力不断升高，伊莱金与剩下的战士们见状，连忙从城门的缝里钻了出去。

“差不多了吧！”一名士兵估摸着它们已经出城了，就过去看了看。

在城下，伊莱金正在给它们挥手，示意它们可以下来了。

城门又合上了，却没有蚂蚁注意到附近的草丛有轻微的变化。

伊世俑从城上扔下了一根绳子，让剩下的三名士兵挨个儿以最快的速度下降。

只剩下伊世俑了，它扯了扯绳子，准备滑下城墙。

就在这时，到处寻找客户需要的灌木的何大壮忽然看到了什么，他拨开树叶，竟然发现了他梦寐以求的灌木丛。

他很开心，跨着巨大的步子，三步并作两步，就跨到了庐城面前。

他虽然高大，但庐城比他更加高大、更加粗壮。他拿出为自己量身打造的巨型铲子，费力地挖动起来。

伊世俑正准备下来呢，忽然觉得地动山摇，被狠狠地甩出去，砸在城墙的末尾。

“巨型人类！！好大啊！管不了长官了……快逃命啊！”一名士兵害怕地喊道。

过了十分钟左右，庐城最庞大的根部被一铲切断，何大壮带着它和伊世俑离开了这里。

“长官……”被命运拆散的它们眼见长官随着庐城远去，急得哭了起来。

可它们又能改变什么呢?

剩下的士兵与一名小长官转身黯然离开了它们守卫多时的城市，背对着不断远去的伊世俑。

/ 第二十四章 /

丛林迷踪

它们进入了丛林，寻找那几千名在丛林里打野战的战友。

丛林是十分危险的地方，这片丛林是边际非常模糊的地方，也有非常多的昆虫。平常，探险家都不敢随便乱闯，更别说普通的战士了。

但是它们为了躲避穷追不舍的黑金帝国士兵，这里是唯一的庇护所。

过了几小时，天逐渐暗了下来，黑黢黢的夜空闪烁着几点星光，伴随着几只萤火虫断断续续地舞蹈。

它们发现了一棵大树。

这棵树很高，完全不用担心任何可恶的野虫子的袭击，丛林里原始野蛮的迹象也有相当一段距离，在这里搭建临时的家园很容易。

它们起码在这儿住上几晚，毕竟，这么好的条件并不好找。这丛林里到处都是野虫子，随时都可能丧命。

它们费力地从各处寻找来之不易的适合在这个庞然大物上搭建营地的原木，个别体形大的需要两只蚂蚁甚至三只蚂蚁才能搬动！

花了一个多小时，树屋终于打理好了。

这树屋是半封闭式的，五面都封闭了，只有一面搭着用披风组成的窗帘。木头外面则被插满了一些植物的尖刺，而且在窗帘下面摆满了固定成一排的长矛与盾牌，用于防御各种各样虫子的袭击。

树很高大，住十只蚂蚁也绰绰有余。

伊莱金缓缓地躺下，看着头上密密麻麻的树叶，非常坚硬，却总能从缝隙处透下一丝光亮。

伊世俑，又何尝不是这样一位英雄？

伊莱金摇了摇头，不去想伊世俑，却总能把所有事情都和它扯上关系。

它哭了。

这不是它第一次哭，它小时候胆小怯弱，见到什么可怕的都会暗暗哭泣，可是，这是它第一回为战友的离去而哭泣。

它揉揉眼睛，阵阵疲倦袭来，渐渐睡着了。

它梦见伊世俑，永远不会离开它了。

清晨，阳光慵懒地从云层中透过来，它穿过云层后又直挺挺地插进了树叶缝里，又洒在了小树屋顶上，唤醒了沉睡的战士们。

伊莱金叫醒一个个不愿起床的战士，拿起武器，挨个儿地爬下树，继续向前踏出征服的步伐。

大树感激地看着创造者，等待着新的记忆。

没走多远，伊莱金就开始打呵欠了，它很困，并且被这浓浓的睡意压着，真的渐渐弯下腰来，就要睡着了。

忽然，随着一声尖锐的呼啸，伊莱金头顶几毫米处飞过一支箭，黑金帝国嗜血的标志插在箭尾，摇曳着从它惊恐的面部上方飞过。

“找掩护！”伊莱金大叫着，像跳水一样钻到了附近的一片树丛中。

其他士兵也纷纷找地方躲避起来。

可是，过了一会儿，伊莱金没有听到任何射箭的声音，就缓缓抬起头。

一些克劳迪娅帝国士兵在它们的前方受袭，被许多敌人团团包围着，正防御着树上一些敌人的弓箭进攻。

伊莱金心想：“我们得帮它们！”

那些树梢上的黑金帝国弓箭手正得意地随便放箭，反正敌人也被围在中间了，羊已经赶进圈了。

忽然，有三支箭从树丛中飞了出来，它们来自不同的方向，却射得不偏不倚。

被杀死了三个同伙的敌人还在寻找箭是从哪儿射来的时候，又有三支箭不知道在哪个地方偷袭得手了。

敌方弓箭手要么是被这灵活的弓箭打得猝不及防倒地毙命，要么是心有余悸地躲在树后面，庆幸自己没有被射中。

“看我们的！”

随着几声呐喊，从好几个方向冲出来十几名战士，它们高举着武器，迈开纤细、敏捷的腿，几秒钟就到达了黑金帝国士兵的面前。

不多时，在里应外合的夹击下，黑金帝国损失惨重，只有二十几名士兵逃跑了。

“不用追了。”伊莱金制止了身后几名蠢蠢欲动的战士，走向那些曾经被敌人围困的克劳迪娅帝国将士。

几分钟后，曾经是黑金帝国的战利品大部分都转移到了克劳迪娅帝国将士们手里，剩下的则被一把火烧成了灰烬，和那些尸体一起永远横陈在这里。这荒无人烟的地方，几十年后，重建家园的蚂蚁们也许会到达这里，也许会发现已经锈迹斑斑的兵器中间，尸体上生长着生机勃勃的植物，它们不断生长着，一直到顶破头顶的树冠，直到成长为栋梁之材。

而那时，这一切的痕迹都早已消亡。

胜利者们拉着一车战利品与食物，欢笑着离开这里。

/第二十五章/

曲折山谷

过了一个多小时，这一行战乱中的幸存者气喘吁吁地正从一片恼人的乱石滩中向上跋涉。

这是一座山谷，它是第一座，但不是最后一座。

忽然，走着走着，只听见一声东西折断的声音，随后响起了痛苦的叫喊声。

一名蚂蚁战士行走在岩石缝里，可是它并没有在意，继续往前走，一不小心狠狠地摔了一跤。

等到它爬起来的时候，大半条右腿都已经卡在岩石缝里了，那条断腿非常可怕，血流了出来，流淌在它的断腿旁边，仿佛是为了一种不舍的眷恋。

由于同伴腿断了，伊莱金只能让它坐上那辆推车继续行进，所以它们不得不抛弃一些长途跋涉的必需品。

“啊！这该死的山谷！”

晚上，在它们宿营的时候，这名倒霉的士兵又在帐篷里睡觉的时候不小心让腿太靠近燃烧的篝火了。

它不断吹气，抓起身旁的一桶凉水就往腿上一浇。

“啊！真舒服！”

可与它同营的五名士兵都叫嚷起来，这凉水害得它们无法在这个帐篷里睡觉了，只能到其他本来就已经很拥挤的帐篷里挤挤睡了。

“砰！”

凌晨四点，天上刚刚有一丝亮光在对抗着黑暗，就发生了惊天动地的“大爆炸”。

所有士兵都被惊醒了并且吓得不轻，甚至还有几名士兵钻出帐篷拿起武器，防御着“敌人”偷袭。

在一个被撑破的帐篷里，那个大个儿士兵很抱歉地挠挠头，说：“不好意思……我太胖了。”

“啊！”它旁边的一名士兵气得大叫起来，“帐篷已经被弄湿了，你还把它弄破了，你是在开玩笑吗？”

它又摇头叹息道：“唉！看来有些士兵睡不上帐篷喽！”

那名士兵看看自己，又看看周围的士兵不怀好意的笑，尴尬地说道：“行了！我去外面睡还不行吗？”

由于十分拥挤，有几名士兵抓阄的时候被极差的运气赶了出来，在地上放上了几块布，躺了下来。

“轰轰！”

随着一阵滚轮的声音，有什么东西滚下了山坡，发出巨大的撞击声。

“又发生什么事了！”

清晨，太阳刚刚随着朝霞爬上天空，就有一滴露水在一棵荒草上伸着懒腰，享受着这一切。

忽然，它身体里美丽的朝霞的倒影被什么取代了，它转过头，就看见一名士兵正带领着另外几名士兵寻找着什么。

“真是的！晚上是哪个停放的独轮车？”

“行了！不要抱怨了，反正车子都已经滑下山坡了，现在我们只能等会儿把它找回来接着赶路。这路上这么危险，我们还不得赶快赶回伊古诺瑞塔斯。”

它们要到那儿去寻找大部队。

此时，在原来庐城所在地，城里的所有黑金帝国部队都莫名其妙地在庐城被人类带走后全部回到了地面，被带走的只有一名克劳迪娅帝国蚂蚁太守。

它就是伊世俑。

此时，一片密林中，离克劳迪娅帝国极其遥远的森林中。

“呀！”

伊世俑挥动着自己的长剑，一面砍击正前方的黑影，一面举高重盾，挡下另一个黑影一次次的进攻。

“见鬼！翻了三座山头，才找到路上遗弃的老装备，谁知才刚刚清理了几下灰尘，就被这黑影赶到这里来！”

它的鞋子沾上了一些河水，准确地说是瀑布水。

一不留神，背上的长矛把它绊倒，它一个趔趄栽进水中，呛了口水，被湍急的水流冲下了断崖。

与此同时，千里之外的黑金帝国将军正对士兵们宣读黑金帝国国王的圣旨：“现在，命令王师立即离开庐城原址，深入克劳迪娅帝国，攻占伊古诺瑞塔斯！”

它身前的士兵们纷纷欢呼，吼叫着列队，整队向着伊古诺瑞塔斯出发。

原来的庐城只剩下了一片荒芜的泥土。

这里不再有一只蚂蚁。

直到几十年后这里才建成一座新城，缔造一段伟大的历史。

这时，在又一座山谷里，三四十名克劳迪娅帝国战士正在快马加鞭地赶路，那是因为一天前通信兵在山顶上观测附近局势的时候，看见远方有一些黑色的板块在不断移动，它再定睛一看，竟然是向着伊古诺瑞塔斯行进的黑金帝国军队！它们要加速赶到伊古诺瑞塔斯，通知那里的守军准备好战斗。

“不行！这样下去我们的速度太慢了！还没有到达伊古诺瑞塔斯就被敌人追上了！可我们又没有螳螂！”

一名士兵正在表达自己的担忧。

确实，用独轮车前进还带着一名重伤和几个受轻伤的，或者是速度并不快的战士，怎么能跑得过装备精良的敌人大军呢？

“快！加快速度！”伊莱金大声命令道。

“长官！这都第几次啦？我们实在没办法快了！你还命令晚上不能休息！”

另一名士兵跑到伊莱金身前，再次劝阻道。

“我们速度确实太慢了，可这已经是极限了！”

“该怎么办？”听了伊莱金的回答，那名士兵又说。

/ 第二十六章 /

驯服螳螂

它们又前进了一阵子，一名士兵忽然惊喜地大叫起来：“螳螂！快过来看！这附近有野生螳螂群！”

在蚂蚁世界，螳螂的作用举足轻重，它既速度快又能为蚂蚁效忠，甚至还能投入战斗，比人类世界的马匹强多了。

“快！到前面去看看！”伊莱金迈开大步向前跑着，登上最近的一个山坡。

远方，竟然是有六十多只螳螂的大型种群，它们正在草地上寻找着隐蔽在草丛里的蚜虫。

“这下就好办了！”伊莱金看着数量可观的野生螳螂群，笑道。

毕竟，它们不仅体形大，而且飞行速度是最快的，大约是蚂蚁速度的一百四十倍！

可是，军队里，骑兵与飞行兵螳螂都要经过严格训练后才能成为合格的战士，甚至还要保证三代以内都是不会伤害蚂蚁士兵的好螳螂！

螳螂十分凶猛，与蚂蚁的体形差距也大，幸好这片地区的蚂蚁体形都比普通的大多了。

螳螂还有强大的武器和健壮的身体，就算拿着兵器也难以驯服。

但是为了活着离开这里到伊古诺瑞塔斯，为了通报伊古诺瑞塔斯的将军敌人来临的消息，它们必须铤而走险。

“刺啦！”

伊世俑睁开了眼睛，正庆幸自己没被摔死，环视了一下自己所处的环境，倒吸了一口冷气！

它的鼻子里冲入了一股恶臭，熏得它睁不开眼，却依然从蒙眬的视线中看见这只豪猪正休闲地背对瀑布，大嚼特嚼着野菜叶，那双小眼睛却没有发现自己锐利背刺上的巨型蚂蚁。

伊世俑憋足一口气，用力地想剥下已被扎穿使它无法动弹的战衣，却因为锁子甲极其沉重，且衣服湿透，反而只是徒劳。

那豪猪好像是吃饱喝足了，迈步要走，却在它身后响起一声低吼，吓得它一回头，就发现那东西站在瀑布顶端注视着它。

豪猪脸色大变，原本紧密依靠的尾刺一下子竖了起来，每根尖刺都对准那东西，一只饥肠辘辘的幼豹。

幼豹没跟豪猪僵持多久，竟然直接猛扑了上来，利齿直对豪猪的脖颈。

豪猪不再犹豫，连目标都没有对准，就射出了尖刺。

伊世俑本来是饶有兴趣作壁上观的，却在没有任何准备的情况下，被发射了出去！

尾刺在空中发出的呼啸声，伴随着伊世俑的尖叫声，逐渐远离了豪猪与幼豹的战场。

卢卡省的山脉中，有一只小螳螂正四处寻找着食物，忽然，它发现一座山丘的尖峰上竟然有一只奇大无比的蚜虫！

它立马兴致勃勃地追了过来。

可是，当它跑到那座山坡的时候，那只大蚜虫忽然掉下了山坡！

它着急了，跳下去就直扑蚜虫。

可是，它恰好跳到了一根绳子上，这时的它立刻“飞了起来”，被挂在一棵树上。

“抓住一只了！”

那只小螳螂最初在疯狂地乱动，到了后来就渐渐安静了起来，它看着伊莱金。

“这么说……是我跟它有缘呢？”

伊莱金把它放下来，并爬上这只不服气的小螳螂的背，它甩了甩头，开始奔跑了起来。

谁知，它跑了几步后，竟然张开了一双健硕的翅膀，飞上了天空！

翅膀的力量很大，伊莱金差点就从上面掉下去。它又在空中几个翻滚，伊莱金更是几次差点命丧黄泉。它紧紧地抓住螳螂的一条腿，使劲拎住它的脖子，把背上的马鞍安在了螳螂的背上，登上了马镫。它抽出马鞭，给这个不听话的小家伙警告。

它烦躁地甩了甩头，却又终于在主人频繁的抽打下杀尽威风，不再反抗了。

伊莱金从背包里掏出了套马索。

“冲啊！”

螳螂忽然收紧翅膀，俯冲向下面仍然没有任何察觉的螳螂群，随时准备为主人立下战功。

伊莱金呼呼有声地挥舞着套马索。

有几只螳螂忽然发现有什么不对劲，看了看天空，却发现一只蚂蚁竟然骑上了自己的同类！

它们也纷纷展开双翼，飞上天空。

“正合我意。”

小螳螂一个翻飞钻进两只野生螳螂中间，就在这一瞬间，套马索飞了出去，紧紧地套住了一只大螳螂的翅膀！

伊莱金站了起来，固定好自己，狠狠地拉紧绳子，把那只螳螂弄得没有任何力气，又飞过在下面拍手叫好的战士们上空，把绳子丢给它们。

它们拉住那只螳螂，驯服了它，又一名蚂蚁士兵骑在了螳螂身上，驾着它捕捉其他的螳螂。

可另一只螳螂却不顺从，它忽然向上飞去。

伊莱金不甘落后，夹紧了螳螂的肚子，它收紧翅膀，像一柄剑冲向了天空。

就这只小螳螂非常听主人的话，几下子就追上了那只正飞快逃命的螳螂。

螳螂以为自己高超的飞行技术能甩开紧追不舍的伊莱金与它的坐骑，却不知道它们越来越逼近它的右侧了。

忽然，它刚刚反应过来，动了动翅膀准备向左侧逃命。

说时迟那时快，伊莱金行动了！

第一秒，绳子飞了出去，投中了那只螳螂的脖子，套住它不再继续前进，而是原地打转；第二秒，伊莱金收紧了绳子，抓住那根绳子的中间；第三秒，它在空中迈出一个完美的跳跃，轻轻地跳到了那只螳螂的身上！

那只螳螂还是继续反抗，这下，伊莱金使出了最大的力气，真的按住了它的脑袋。

螳螂正反抗着呢，不料，它忽然感觉头有点昏，就在这时候，它被伊莱金的力量按着垂直扎下了高空！

它很生气，想要顽抗到底，却被死死地按住，除了向下俯冲什么也做不了。

距离越来越近，伊莱金飞到了战士们上空，可是，它丝毫没有停下来的意思！

有些战士开始离开这里了，剩下的战士看伊莱金觉得奇怪。

等到距离地面只有两厘米的时候，它松开了紧紧抓住螳螂的手，将这个触须使劲往上提！

螳螂本来在挣扎，却被伊莱金猝不及防的行动弄得天旋地转，整个身子平铺开来砸在地上，击起许多泥土，它滚落到那些士兵的脚下。

旁边的几名士兵捉住了它，其中一名士兵从几名控制住它的士兵中间穿过去，一下子就跨上了它狭窄的背脊。

而伊莱金在这只螳螂落地的时候就跃上了天空，抓住了飞向这里的小螳螂的腿，再一跃而起，飞到它的背上，尾随另外一只螳螂，继续为士兵们能更快离开这里而努力。

那只螳螂左翻右滚，时而收起翅膀俯冲向下，时而展开双翼飞向苍穹。

这时，风越来越大，许多树叶飞扬的天空中，伴随着两只螳螂的空战。

小螳螂的翅膀左右扇动着，不断加速，伊莱金一边架着小螳螂死死地咬住那只螳螂不放，一边用另一只手护着脑袋上的钢盔。

这时，离那只逃跑的螳螂越来越近，小螳螂伸出爪子，给了那只逃跑的螳螂的后腿狠狠一击！

那只螳螂惨叫着，鲜血溅了出来，洒落长空。

小螳螂又抓住那只螳螂的双腿不放，硬生生地将那只螳螂拽住了，也被它狠狠地按向地面。

在它们的身旁，那名战士所骑乘的螳螂又翻又滚，它死死地抱住螳螂的后背，任由它的坐骑追着前方的螳螂。

伊莱金看到，那名战士好像已经恍惚了，它抱住螳螂的手越来越松，随时都可能掉下去！

就在这时，伊莱金驾着螳螂抵住那只就要把主人甩下长空的螳螂，控制住它，让它降落到了地面。

它抓住了那名士兵，把它平放在地面，另一名战士骑上了螳螂，与它一起战斗。

在地面上，士兵们也没有松懈，它们拿起武器与奋力反抗的藤蔓战斗。

那只被它们套住的螳螂烦躁地左甩右甩，将一名体弱的士兵甩得飞出去，狠狠地砸在一棵半山腰上的小树苗上，有一名士兵甚至爬到了它的肩上，想把它按倒，可螳螂却对它发动攻势，好像挠痒痒一样把它拦腰击中，打在地上。一名士兵躲开了几名士兵，左蹦右跳地蹿到了螳螂的腹部，将一柄长矛刺进了它的腿。

那只螳螂倒下了，一名士兵连忙抽出剑，将剑抵在它的脖子上。

没过多久，这场捕猎就结束了。

/ 第二十七章 /

心向羽城

它们捉到了三十多只螳螂，其余的早就望风而逃。

士兵们纷纷跨上螳螂，这样，大多数士兵都拥有一匹坐骑了，只有十几名士兵需要搭其他蚂蚁战士的“顺风车”。

它们振翅飞翔，消失在丛林上空。

螳螂的飞行速度非常快，它们跨越一座座悬崖与峭壁，翻过一道道沟壑河谷，终于看见了前方在云层之下隐隐约约的伊古诺瑞塔斯（别名羽城）。

它们穿越云层，目的地就是羽城。

伊莱金情不自禁地低吟浅唱，歌颂着霓潍亚蚁（就是克劳迪娅帝国蚂蚁们的种类）于狄亚（创造这个与世隔绝以及各种高智慧蚂蚁的主神）开创世界之时……

狄亚之子，

飘荡叶上，

歌声悠扬，
循水而上。
停留于树冠造就的新房，
辗转于枝叶阻碍的光芒。
寻觅在河流剪断的丛林，
立足在怪石峥嵘的山冈。

伊甸山间，
宵烛闪亮，
彻夜星空，
暗淡无光。
担忧于恶兆降临的晚上，
逃避于山中险恶的异样。
彷徨在乱石嶙峋的小径，
思念着烈火焚毁的故乡。

山下林边，
恐惧初现。
族民迷茫，
勇气埋葬。
避怕着远远望见的火光，
胆怯于险恶重生的心房。
失力为不堪回首的苦难，
彷徨在即将征服的边疆。
先祖思量，

山地险峻。
幽深阴凉，
难攻易藏。
准备在族民畏缩的新坊，
号召于蚁心惶惶的中央。
行进在两山挤压的小道，
重整于丢盔弃甲的地方。

宵烛之力，
不堪一击。
星点之光，
一哄而散。
相遇于小小的山间穴洞，
打斗在山谷灰蒙的地毯。
围剿于山头高耸的芒尖，
驱离在远方阴霾的天空。

恶兆恶物，
先祖放逐。
无影无踪，
不再回顾。
险阻于今日永远地清除，
族民在山中亲眼地目睹。
束缚被先祖奋力地挪开，
只剩惊天动地的那一斧……

云雾逐渐飞到了螳螂们的身后，下方的伊古诺瑞塔斯越来越近，看得也越来越清楚。

伊古诺瑞塔斯里，一名瘦小的行政官员许蓊正搭着城墙，欣赏着附近的美景。气势恢宏的伊古诺瑞塔斯有几十座平台，这座平台是其中唯一一座大型观测台。透过观测仪器就能看到云层上方的所有动静！

那些云层厚薄不均，有的烟雾缭绕，有的如棉如絮，十分美丽。许蓊把眼睛靠近观测口。在距离不远的地方，好像有什么东西在动，它心情激动、紧张，身体出汗，身体就更贴近观测口了，为的就是能够看得更清。

距离近了，更近了，它看清了，是一群不明国籍与数量的飞行兵！

它连忙对着下方各座平台守卫的战士们叫道："进入战斗序列！有不明飞行物进入天空观测区域！进入战斗序列！"

顿时，在平台上或者是城墙上的战士们要么拿起弓箭，随时准备射向这群入侵者，要么跑到防空弩炮的旁边，向里面插上巨大的箭。

"准备战斗！"有军官在喊。士兵们立刻操作各种武器。

入侵者离得越来越近，战斗一触即发。

忽然，天空响起了清脆的笛子声。

"咦，这是……"

刚刚跑到一门弩炮旁边，一边躲避危险一边督战的许蓊忽然想起了什么，从身上抽出一根笛子，对准天空吹响了几个无比响亮的音符。

天空中响起了应答，同时，一名飞行兵的手上出现了一小面克劳迪娅帝国王旗，那旗帜在空中迎风飘扬，向上摇两下，再向右摇三下，紧接着向左摇一下，收了起来。

"是友军！快！快，快，打开降落跑道！"

许蓊不再犹豫，它看懂了对方的旗语，拿起旁边的一面旗帜，一边喊叫着，一边向对面距离不远处的士兵们挥舞着一段旗语；然后，放下旗帜，用力吹出了一种新的笛声。

对面的一名士兵倾听完毕，飞快地跑到附近的城堡里，向这里的守卫总长官报告许蓊传递来的信息：友军到了！

“早就听说庐城那边有动静了！它们一定是从那里来的！快，你回去告诉飞行跑道士兵们，我批准降落，打开飞行跑道！”

一根树枝忽然移动了起来，在它的根部，七八十个壮丁和两只螳螂正在推动着一条巨大的铰链，吱吱呀呀的声音十分刺耳。

这根树枝比较狭窄，只能够并排容纳下两只螳螂降落，可是它却非常长，士兵们齐心协力移动树枝，终于对接上了一根剑指天空的、略略比这根树枝短一些的树枝，再稳稳地停了下来，这样就构成了足够降落很多列首尾相连的螳螂飞行兵的跑道，最后连接在跑道上的一座小型塔楼顶。一名通信兵跑了出来，对着天空挥舞着一种新的旗语。

一名飞行着的战士兴奋地大喊：“我们来啦！”

/ 第二十八章 /

神圣羽城

它听说伊古诺瑞塔斯是一座非常严密的关卡，城池有许多强大的功能，可没想到居然还有专门为飞行兵降落的跑道！战士们都齐声呐喊：“我们来啦！”声音雄壮，充满战斗的力量。

飞行累了，螳螂们看到坚实的土地，争先恐后想第一个落地，都想早一点休息，却被主人们牢牢地控制着。

有些螳螂听主人的话，在空中盘旋等待降落，还有些不再听从主人控制昂着头冲向陆地。驾驭螳螂的士兵们努力控制螳螂配合集体行动，终于把零散的队形组成了“一字长龙”，这是一次威武的降落。

伊莱金最先拥有的小螳螂停了下来，它从金黄色的背上翻滚了下来，牵着螳螂，在旁观士兵的指引下，暂时把它们的螳螂安置在了一旁的跑马场。

伊莱金摘下头盔，把它抱在手里，随着一名通信兵的步伐，带着自己的侍卫向着塔楼而去。

“长官，请往这边走。”

它们跨下了几级楼梯，阳光从这里消失，它们拐过了一个转角处，又走了一段路后，一座漂亮的门出现在它们的眼前。

“我们长官说，请你们先参观一下，而且，你们的螳螂并没有合适的装备，你们可以在这里挑选。”

通信兵把它们带到门口，敲了敲门，里面传来了一名士兵的疑问：“有长官的命令吗？”

“是的，密码是352876498864。”

里面，那名士兵嘟囔着，十分使劲地打开了这扇沉重的大门。

进入后，伊莱金惊呆了！

房间里整整齐齐地摆放着各类武器，有刀剑，有盾牌，有盔甲，有长矛等蚂蚁战士们的武器！

“长官，请往这里走。”伊莱金跨过几副盔甲，看见它们的后面是码得整整齐齐的箱子，那名通信兵校对密码后，打开了箱子。

这里面是一整套制作精良、色泽迷人的螳螂铠甲！

“我们明天会派蚂蚁为你们的螳螂安装好。”

“太感谢了！”伊莱金从惊讶中回过神来，由衷地感谢道。

“嘿！这算什么？不就是几副盔甲吗？都是友军，客气什么？”

它忽然又走向了另一个箱子，伊莱金和它的卫兵紧随其后。

可是，它却不像打开那个箱子一样校对密码，而是敲了敲箱子的盖子。

里面竟然传来了蚂蚁的声音：“进来吧！门没有锁。”

“天哪！没想到里面是这座巨大关卡的指挥中枢！”

室内铺着各种各样的碎花地毯，那是用人类遗留下来的毛皮铺成的，进门处，摆放着两副高大的铠甲，顿时，铠甲通信兵拉扯了一下右边那副铠甲的一条微微下垂的锁子甲就向两边退去，映入眼帘的是一张巨大的木桌，它的后面，站着一位全身上下披戴着各种各样精良武器的大将军盖塞尔。

盖塞尔坐了下来，并示意通信兵给伊莱金看座，然后，通信兵与伊莱金的卫兵一起缓缓退下。

它开口了，询问道："辛苦了，不知道你们这么快赶来这里想做什么？"

伊莱金从凳子上站起来，双手撑着桌子，身体微微倾向那位将军："你还不知道吗？庐城被黑金帝国攻陷了，还被一个人类带走了！黑金帝国正调集九十万大军向这里来了！它们要攻陷这里，向王城挺进！"

将军从不紧不慢的神态变得极其着急："什么！九十万！用它们国力的一大半进攻这里！"

它又缓缓坐下，叹了一口气，询问道："它们离这里多远？"

"不远了！只有不到一天的路程了。"

将军的眼睛定格在前一秒，它无比震惊，又摇摇晃晃地站了起来对着伊莱金背后的门喊道："通信兵！"

那名通信兵急忙跑了进来："将军，有什么事？"

"你立马通知全城的战士们，马上备战，敌人大军压境了！"

通信兵回过神，不再多说，立刻跑了出去。

"你还愣着干吗？赶快去！快去给你与你部下的螳螂穿上盔甲！往城市的另一端去，通知那里的工匠，让它们不分昼夜地制造武器和盔甲！"

全城只有二十三万名蚂蚁士兵能够作战，可只有一半左右是职业士兵，有十万名蚂蚁士兵没有武器！

伊莱金放荡不羁的性格从没被人使唤过，但是，现在是非常时期，它还是以最快的速度冲了出去。

伊莱金冲出了这几条错落的通道，离开了这里。

在城市的上空，一座高塔上，有一个类似扩音器的东西开始喊话："全城将士们！战争来临了！敌人大军压境了！立刻进入战斗序列！马上！"

士兵们停住了脚步，全神贯注地听完紧急通知，立刻奔向各自的岗位，惶恐不安地准备迎战未来的敌人。

伊莱金跑到了饲养坐骑的地方，只身跨上了小螳螂的背脊，驾着它冲出大门，极速向着制造武器的地方而去。

它穿过奔向岗位的士兵们中间，不断喊叫着："让开！让路！"

它终于看见了制造武器的大工厂。

这里十分庞大，有数百名能工巧匠，它们正在惶恐不安地讨论着这场即将来临的战争。

它快速跨步进去，直接打断工匠们的谈话，命令道："快！守卫将军有令，命令你们立即以最快的速度打造武器，不分昼夜地打造武器！"

它出示了令牌，左右摇晃着。

它在一片打铁声中离去，又赶到附近的临时住处召集它带来的士兵们。

它到了那儿，直奔三楼。

它打开房门，它的士兵们正整理装备和武器，摩拳擦掌准备与敌人决一死战，看见长官出现在门口后，就跟随它离开了这里。

"对了，还有没有其他逃出来的庐城将士？"

伊莱金十分关心那片热土上的同胞们的命运，问道。

"还有几千名第一批支援庐城的骑兵与将士，它们的大部队被敌人斩杀大半，剩余的就逃进了丛林，与敌人游击作战，它们现在也看见了那一大群敌人向伊古诺瑞塔斯而来，应该有提防的。”

一名曾经在丛林作战的士兵想了想，肯定地回答。

“它们……”

/第二十九章/

盟友援兵

第二天早上，伊莱金早早地起了床，登上了城墙，向着远方眺望。

忽然，远方在山谷里回荡起了似曾相识的号角声。

那号角有着一种灵魂的穿透感，紧紧地锁住听者的心灵。

远方响起不大整齐的跑步声，有什么东西向这里靠近。

城墙上，许多士兵都十分惊慌，伊莱金四处望了望，连忙命令道：“稳住！”

今天天不好，许多迷雾萦绕在伊古诺瑞塔斯前方的山谷里，看不清来的是什么。

那迷雾紧紧地跟随它们，好像是故意为了隐蔽它们的真实性。

迷雾后面是什么？

什么东西率先突破了迷雾，伊莱金定睛一看，竟然是一排整齐的、亮闪闪的长矛！

可是，长矛尖的材质跟所有工业化帝国的不一样。工业化帝国代表也就是黑金帝国与克劳迪娅帝国，它们的长矛都是钢铁制作的尖头，可这些都不一样，尖头竟然是一块块尖锐的骨头！上面绑着特殊的旗帜。

那旗帜，士兵们都不认得，只有了解帝国五百年以前的历史，听闻过先王建国的那段历史，才会浅浅地回忆起这种特殊的材质制成的旗帜。

那是西地部落，而那旗帜则是一种坚硬无比、韧劲无比的植物树叶制成的。

在西地部落与克劳迪娅帝国合作的时候，克劳迪娅帝国也只是个名不见经传的小小部落而已。

西地部落与当时的克劳迪娅部落相比，就像乌龟与蚂蚁一样，可是这只乌龟慷慨地与蚂蚁结为同盟，一起成功对抗敌人。

后来，西地部落不再与有了新领土却还称不上帝国的克劳迪娅王国一起并肩作战，那是因为它的领袖希望克劳迪娅王国蓬勃发展，成为独立的、伟大的帝国，就像黑金帝国（虽然克劳迪娅王国是这片区域第一群高智商的蚂蚁，可是黑金帝国成立后十几年，克劳迪娅王国才初具规模）那样蜕变为一个几百年来罕有的强大帝国。

现在，这个部落销声匿迹，没有外蚁能够打听到它们的下落。

没想到它们会出兵助战。

这已经是三百年之前的场景了。

军队的上空，云雾逐渐散开，一支完整的西地部落军队十二名战士一排延伸到云雾深处。

“快去开城门！”伊莱金连忙命令一名身边的士兵，又让自己的警卫去通知这里的长官。

伊莱金走到城门口，站在城门旁边。

这支军队已到达城门口，整整齐齐地、延绵不断地跨入城门。这是军队的方阵，一名西地部落将军注意到了正在城墙旁边注视着这支数量庞大的援军的伊莱金，它的眼神落到它的肩章上面。

它走了过来。

它用蹩脚的蚍蜉语（克劳迪娅帝国官方语言）开口了："我们倾尽国力，派遣国力之所有来援助你们，只为那背负了三百年之巨的使命感。"

它蹩脚的方言却让伊莱金倍感温暖。

在通向城内的那条道路上，伊古诺瑞塔斯的大将军带着两名战士从正不断入城的西地部落军队中间穿了过来。

二十分钟后，在那间密室，西地将军法力斯和两名克劳迪娅帝国将军坐在昏暗的灯光下，对着一副沙盘指指点点。

"伊莱金，你看这里，这儿的防御太薄弱了，北城门本来就不如其他城门，还地势不佳，易攻难守，现在也只有两千名战士与三门弩炮守卫那里，这样根本不够！"

法力斯又说："听说正门的防御是最强的，却还配备了八千名精兵和四门弩炮、两架投石机，本来这里的城防就是最坚韧的，派那么多士兵干吗呢？将军，我建议你们将这里的士兵填补到其他的防御地点。"

伊莱金看着沙盘上的每一件事物，沉思着，仿佛总有什么不堪一击的危机被它嗅到了气味似的。

它在沙盘上来回盘算，不断鸡蛋里挑骨头，忽然，一段残酷的事实被它抓住了："将军？这是怎么回事？"

将军没说什么，拿起了后人短暂记载的古诺萨达历片段，沉吟了一下，缓缓开口。

"我们曾经与黑金帝国发生了无数次的冲突，你还年轻，不像我年过半百，经历过无数场战争，其中最残酷、最猛烈的一场，当数这一场了——那段时光，帝国上空总是乌云笼罩。

“那时，我的祖先，非常老的祖先，以至于我都记不清它和我的关系了，当时，它也只是个小小的行政官员，没有什么实权，只是比普通士兵们多了个一官半职。

“在战斗中，它率领在战斗中结识的百名勇士一下击退了驻守在一架固定的投石机里的几千个敌人，再加上后来几次冲突中它的勇猛作为，才被封了现在这个爵位——这是个世袭爵位（克劳迪娅帝国的爵位几乎都是世袭），所以我年纪轻轻就当上了大将军。

“那时，在战斗最紧急的时候，克劳迪娅帝国把仅剩的一颗巨型‘石头’投向了一片城墙。

“那儿被我军收服。其实严格来说，那根本不是石头，就是被热油浸透的、可以燃烧的大铁球！

“只有那片城墙还被蓟国的残兵败将占据着。

“城墙被贯穿了一半，这个铁球卡在里面，燃烧了五天四夜。这是第一次伊古诺瑞塔斯战役（伊古诺瑞塔斯原名伊吉伊利塔斯，在蚍蜉语里意为‘新领土’。由于原来的伊吉伊利塔斯年久失修，有些落伍，所以在蚍蜉三百元年，伊德温二十八世下令翻修伊吉伊利塔斯的城墙，并且为新的伊吉伊利塔斯赐名为伊古诺瑞塔斯，以此纪念弘扬伊德温二十八世征服附近的五个国家）期间留下的创伤，尽管已过了几百年。它书写了我们惨烈而又光辉的历史！”

将军嗓音有些嘶哑，激动地念完了这段长长的描述。

“我明白了！那里的城墙由于受到了这样的冲撞，已经不再那么坚不可摧了！将军，你眼光独到啊！”西地部落将领法力斯恍然大悟，面对伊莱金，羡慕地说道。

“将军，这里驻防着多少名蚂蚁战士？”

伊莱金问道，将军却没有回答，而是诵出了一首熟悉的诗篇——《断头诗》……

贼者悉众，
敌者临境，
古都坚门，
群峰山野。
将者险恶，
兵者狰狞，
王国无名，
君民奴隶！
枯树不禁攀折之苦，
老者必受年长之劳。
今耄耋之年，
然保家卫国之重任背负吾身！
今摩拳擦掌，
唯决一死战之气概万古长存！
四顾，大敌当前，敌兵环绕，
故书此绝笔，望双邦之勇者力战到底，力战到底！

/ 第三十章 /

战争阴云

“那场仗打得太惨了，太惨了，先王和西地部落的第十一位酋长双双战死于伊古诺瑞塔斯的血泊中——向它们致敬……

“据说，黑金帝国与蓟国的犯境军队被我们的联军反击败回原址之时，地面上多了一层地毯，那是铺满整座城市的鲜血和残肢。”

它们沉默了一会儿，克劳迪娅帝国的两位将军四处眺望着周边热土，而西地部落将军则沉默地想着它的祖先。

过了一段时间，将军说道：“应该是两千……不，三千名蚂蚁战士。”

伊莱金听了回答，连忙说道：“走！我们去考察一下！”

它说着，已经走了出去，其他两位紧随其后。

它们走到街上，没走多远，就听见了一阵什么东西扇动着的由远及近的声音。

两位克劳迪娅帝国将军疑惑地停了下来，仰望天空，而西地部落将军不以为意，拉着伊莱金准备继续前进。

盖塞尔忽然反应过来，掉头向回走去。

“将军，我们要去哪里？”法力斯不明所以，询问道。盖塞尔不说话，只是带着伊莱金与法力斯爬上了一座塔楼。

在塔楼上，几名士兵正在着急地向弩炮装弓箭，丝毫没有注意到三位将军的来临。

“敌军！敌军空袭！”将军随手抓起了一个类似放大镜的装置，向天空望了望，忽然着急地叫了起来。

一名士兵走到弩炮的末尾，而另一名士兵则站在弩炮的旁边，死命拉动着粗大的绳子，让弓箭蓄势待发。

还有一名士兵站在空炮的底部，移动着空炮。

二三十名敌军骑在螳螂与蝉的身上，飞过城市上空。

它们飞过城墙，上面的敌军从囊袋里抽出一把把标枪和一块块石块，投向地面。

地面上原本热闹的观战蚂蚁们惊慌地逃跑着，躲避着数量不断增加的标枪与石块。

弩炮也不甘示弱，在一声尖锐的呼啸中，炮弹穿过一只螳螂的翅膀，那螳螂一声惨叫，旋转着扎进了一座弩炮楼。那楼不堪一击，悲壮地被撞掉了许多建筑材料，上面的士兵摇摇晃晃的，还有几名，甚至从楼上直接坠落到地面。

空袭还在继续，城内大大小小几十门弩炮发挥了很大的作用，进入了近十只螳螂和蝉，城里也有许多士兵与平民，壮丁丧生于逐渐零星的袭击之中。

有三个敌人发现了正在塔楼上的三位将军，呼啸着俯冲了过来，有的敌兵举高了标枪，有的将石块举过头顶，有的则箭在弦上，蓄势待发。

盖塞尔不慌不忙，从墙角抽出一副弓箭，将一个敌人射落天空；法力斯则积攒力气，手中紧握着长矛，在合适的时机一声怒喝，让一个敌人连带坐骑一起坠落；伊莱金赤手空拳，面对最后一个骑着螳螂的敌人，它的眼睛紧锁着目标，这是距离它最近的时候，抓住它即将投掷的长矛，将那个敌人扯了下来，再一刀砍死，任那只螳螂飞向远方。

其他敌方飞行兵见势不妙，随意地投下几根长矛就逃走了。

伊莱金望着它们远去的方向，松了一口气。

可这时，更大的声音来了，盖塞尔惊恐无比，吼道："我们耽误了！快！快到城墙去！"

它们一路奔跑向前，站到城墙上。

城墙下方，排满了不断靠近城墙的黑金帝国大军！敌军队伍中，许多投石机和攻城车蓄势待发，可是在中间，还有一样伊莱金从未见过的东西。

"利尔特，城墙的宿敌，就没有它撞不开的东西！"

那经过多次战争洗礼、巨大无比的撞城车正在敌军队伍中间。

它的前方，三只体形巨大、皮毛坚硬的龙虱缓慢地努力向前，在这撞城车的后面，几只体形比普通的，也就是蚂蚁们能够驯服来当坐骑的小型螳螂大许多的巨型螳螂正奋力驱动着这辆沉重的撞城车。

与此同时，在利尔特的右前方，一座座有巨大投石机的塔楼上，盖塞尔剑指城外的敌人。看着城外的敌人不断移动，它沉吟了片刻，奋力吼叫道："开火！"

这座巨大的投石机在空中划出一道巨大的弧线，不断加速向下坠落，由近及远。

附近的其他塔楼看见了这强有力的信号，也纷纷将一块块巨石抛向天空，砸落在敌军阵营里。

敌方的投石机看见城内开始反击了，也不甘落后，纷纷将石头扔向城墙与城墙上的士兵们。

敌军忽然就静止不动了，仿佛不惧怕那一块块巨石。

许多石头砸在敌阵中间，滚动着碾轧敌军士兵，在这种凌厉的攻势下，那些敌军士兵有些胆怯了，城里的投石机一有风吹草动就四处躲避。

但阵地没有乱，从城上看几乎是没有任何大的动静。

在投石机互相射击的时候，城墙上，一排排士兵正在整齐地跑步向上，不断加入守卫城墙的序列中。

在城墙上，伊莱金双手紧紧拽着一根长矛，那长矛上飘着克劳迪娅帝国的旗帜。

“弓箭手！把那些不识好歹的混账送进地狱！”

几万支箭像几万颗银色的雨滴，从天空中一跃而起，纷纷落在海面，激起千层水花。

敌人的队伍里，从方阵的中间，走出来近万名敌军弓箭手，它们还击了一次，就躲在了同伴的盾墙后。

投石机与弩炮还在互相攻击着。

城里的巨石在投石机的加速下绝对威力无比。

/ 第三十一章 /

城门告急

在城墙下方，那座巨大的铁门，在几千名敌军弓箭手的掩护下，近万名敌军簇拥在正门的前面，在一根巨大的、坚硬的榆木旁边奔跑着助威。

大榆木一次又一次狠狠地撞下去，伴随着旁边黑金帝国士兵遭到弓箭袭击后的哭号与死亡，城门也只是微微地摇晃几下，固定城门的铁索轻轻敲击着城门，仿佛是对那根榆木的讥讽与嘲笑。

在城墙上，伊莱金正不断走动着，督促着弓箭手们更加凌厉地攻击城门附近的敌人。

在远处的塔楼上，盖塞尔正用望远镜扫视战场，巡视敌军阵营的一分一毫。忽然，它看见，在一座攻城车旁边，有四名士兵举着什么东西，它再定睛一看，原来是一名黑金帝国军官躲在帐篷底下指挥，喝令士兵们稳稳当当地坚守阵地。

盖塞尔立马拍了拍正在与一名士兵拉动绳索的行政官员，说道："你看，看见左数第七辆攻城车了吗？它的右边是不是有什么东西？”

还没等盖塞尔说完，行政官员就领悟到了，将投石机稍微偏离了原来的轨道，再闭上一只眼睛，死死地盯着那坐在它旁边的东西，再猛地松手，那巨石飞了出去，在空气中越来越沉重，砸在目标上方，等到灰尘落地的时候，那里一切都被巨石压垮了。

敌方的许多士兵也是如此下场，城墙上的士兵也被射得悲惨地叫着飞到天上，并恐惧而又绝望地掉下来。

双方的大部分巨石都稳稳当当地镶在了敌方的阵地里，弩炮的箭也所剩无几。在城下，那座塔楼的上方，敌军主将看了一眼被砸成肉饼的帐篷，观测着城墙上方。

那帐篷不是主将的，作为一个能吃苦能打仗的常胜将军，怎么会如此享受呢？那是监军的（监军：一种职位，朝廷派来监视军队的太监）。

它看到城墙上方，只有几座投石机，而且在投掷了两三轮石块后就不再有任何动作，就放心了，吩咐旁边的士兵：“可以进攻了。”

那士兵见状，立刻跑到这座塔楼，严格来说是敌军的指挥塔楼的最上方，憋足了气，吹响了巨大的号角。

“呜……嘟呜……”那声音回荡在敌军上空，下面的一名下级军官连忙挥动着手里的小旗，身后的军队听见号角，早就按捺不住了，再看见小旗的示意，顿时像发疯一样吼叫着，三五成群地高举武器冲向城墙。

在塔楼上，盖塞尔眼见敌军整齐的队形像海浪一样拍打了过来，就抽出武器，带着几名战士走下楼梯。

敌人的将领见到城门坚硬的城墙不为所动，只是撞落了一些砖块和尘土，气愤极了，马上命令道：“快去！把大家伙推出来！”

那巨大的撞城车还在一下一下地猛击着城墙呢，另一面又响起了欢呼声、吼叫声以及沉重的脚步声。

伊莱金的视线望了过去，苦笑一下，抽剑赶了过去。

在那边，更多的敌方士兵声势浩大地奋力协助推动那巨大的战争产物——一种比普通投石机巨大三倍有余的巨型武器。

一直阴沉着脸的天空终于下起了瓢泼大雨。

“它们有一架巨型投石机……”伊莱金无奈地默念。

伊莱金到达城墙旁边，从一名战死的士兵手中抓起一副弓箭，抽出三支尖锐的箭。

在它的眼睛所瞄准处，一只推车的巨型螳螂被射中头部，只朝天吼叫了一声就倒下了。

投石机距离能够射到城墙的位置也只有几十厘米了，伊莱金眼看情势不妙，连忙命令：“快！瞄准螳螂！杀死龙虱！阻止投石机前进！”

城墙上的弓箭手们纷纷掉转箭头，射击投石机的前后左右。

有一只龙虱愤怒地连连摆头，低头防御射过来的弓箭，却被 箭命中头部，沉闷地倒了下去。第一架投石机减速了，滑行了一段，惯性使它勉强进入了攻击位置。

黑金帝国的将军早就走到投石机旁，在箭雨中稳步行走着，它发现了进入攻击射程的好时机，马上用手中武器砍断了固定那块巨石的绳子。

那块巨石静止了几秒，带着巨大的呼啸声与惊天动地的爆炸声出现在了城墙前方。

城墙上的战士们连忙四处躲避。

城墙被炸裂了。

在雨幕中，伊莱金只蒙眬地看见惨叫着飞上天空的蚂蚁战士们，四处抛撒着的残骸，无数血与肉，混杂的雨水，在城墙下铺出一条凌乱的路。

在城墙附近的山谷里，那雨比伊古诺瑞塔斯的雨大几倍，雨点不断洗刷着路面，也不断杀伤着这里的一切微小的生物。

在山谷里回荡着悠扬的号角声。

旗帜闪现在山谷的末端，一支兵甲整齐的克劳迪娅帝国军队出现在这里。

那雨点还夹杂着一些凌乱凋谢的树叶。

那老将军莫德玺骑在早已疲倦不堪的螳螂身上，指挥着部队前进。雨点像一支支箭似的从高空射向它们，不断地袭击着，可这支部队依然前进。

它们六天前从王城出发，在路上碰巧遇到一大群山贼。

在王城附近，有总数超过十万名的黑金帝国同盟，战斗力强悍的山贼。

它们鏖战野外，与占尽天时、地利的山贼对抗两日，终于奋力突围，率领一部继续支援庐城，而另一部则占据另一座山头，与敌人战斗到底。

它们星夜兼程地行军，三天都没有一次像样地休息过、补充过体力，并于附近的山上与辗转到此的庐城残部会师，终于在今日赶到伊古诺瑞塔斯脚下。

在伊古诺瑞塔斯的城墙底下，战斗还在继续，黑金帝国的两架投石机又瞄准了缺口，一个点射……像雷霆一样地响过，大缺口逐渐变成了城墙上一道可怕的伤疤。

更可怕的是，有一块稍大的石头击中了那曾经的伤口。

城墙大面积倒塌。

可还有一颗石头，它投掷得很快，竟然从缺口上方与城墙擦肩而过，却又撞在了城墙后方的一座塔楼上，偏离了射线，离开了这座城市。

/第三十二章/

迟到的援兵

在城墙后方不远处，那援军正在骂伊古诺瑞塔斯的后门守军为何不及时开门。

它们已经在城墙外等了一阵了，累坏了的战士们甚至直接倒在泥泞之中。

这时，天空中却飞来一样东西，那莫德玺眯着眼睛，却被身旁一名校尉发现了端倪：“一块巨石！”

士兵们立刻惊讶地叫了起来，慌乱地四处躲避。

那巨石落在老将军的身后。

它回头看了一眼，那竟是黑金帝国的投石机投来的石头。

“敌人来了！石头打到这里来了！”

一名士兵眼见不对，惊慌地叫嚷，不一会儿，士兵们甚至包括将领都惊慌不已，疯狂了似的急切地想发现什么，又急切地想进入城内援助正在苦战的友军，却苦于城门久久不开。

此时，那名行政官员在城墙上来回奔走，带着几名士兵巡查唯一没有战士把守的后城门有没有被其他敌人偷袭。

那行政官员仔细地巡查，正好看到了城墙下的军队。

城门里，一支军队从城门微微敞开的缝隙里进来了，莫德玺从微微有些疲惫的军队中间走出来，仰着头询问那行政官员："这里在打仗啊！"

"老将军你有所不知！除了这，整座城市都被敌人九十万大军包围着！现在正缺人手！"

莫德玺再回头望了一眼，看见主城门貌似微不足道的缺口，心生疑惑，立马带领军队赶向那里。

那城墙早已四分五裂，伊莱金看到前方距离最短的地方，城墙早已塌陷了下去，一个巨大的缺口尽收眼底。

一大群敌人从投石机旁的攻城车里拥了出来，冲向这里。

伊莱金丢下弓箭，穿戴上角落里近卫军遗失的长矛与盾牌、盔甲等一系列装备："我不惧怕死亡，又有谁能同我一起赴死？"

它抚摸着长矛溅满鲜血与尘灰的身躯，对战士们大喊。

"兄弟们！拼了！"

越来越多的残存将士从城墙后冲锋出来，一个个怒吼着，从零散的砖块中奋勇向前。

在前方，几名冲锋在伊莱金身前的士兵被一些零散的箭射中，翻倒在一块巨石下。

伊莱金更加愤怒，大张着嘴，怒吼道："去死吧！"

它胸前的锁子甲飞舞着，映照着前方熊熊战火以及黑压压的敌人。

它两脚猛地一蹬，握紧了长矛，从那块石头的上方飞刺了出去！

一个敌人的喉管喷出许多热血，伊莱金落在了地上，又将长矛抡得呼呼有声，砍翻了七八个敌人，继续冲锋。

越来越多的士兵随着它们的脚步冲下城墙，渐渐默契地组成了一个时隐时现的半圆，横在敌人与城墙的缺口中间。

伊莱金正在与两个从右侧过来的敌人交战，刚把它们成功击退，它腿部就传来一阵钻心的刺痛。

一个敌人狞笑着刺穿了它的腿。

它一瘸一拐的，看见敌人的长矛又对准自己的头颅刺了过来。

它忍痛举高盾牌，挡下了这一波进攻，并趁着敌人的长矛被盾牌弹开了，又不顾一切地把唯一支撑着它腿的东西——长矛提了起来，趁着自己不由自主倒下的步伐砍断了那个敌人的脖子。

它抓起一截木棍，包扎在腿部，另一个敌人就举着大刀冲了过来。

它抓住长矛的矛尾，将所有力量聚集在那只手上，用全身所有的毅力和力量刺向敌人，敌人被刺了个透心凉，倒在地上。

它的意念在短暂的聚合后，又瞬间炸开，这让它立刻从地上弹了起来，忍着腿的疼痛，一瘸一拐地走向战场。

在远方，那撞城车越来越凌厉，撞击声越来越大，连守卫在城门后面的西地部落军队都能感觉到这种震撼。

城门的铰链逐渐松动了，还有一根腹部中基在一声清脆的响声中断成两半，和着那可怕的撞击声掉落在地上。

在城门的后面，人心惶惶的军队前方，法力斯与盖塞尔骑着螳螂站在士兵们前方，喝令着，阻止恐惧。

那城门越来越不堪一击了，终于，在一声脆响下，什么东西探进了城门来。

那是一只可怕的螳螂的头颅，由最坚硬的钢铁组成的头颅，在恶狠狠的注视之后退了回去，又在最后一次撞击下，那残破不堪的城门失去了最后的防御，城门被破了。

“无数的生命出现又终结，无数的荣耀终究还是一闪而过，战斗！为了守护伟大的祖国！至死方休！”

慢慢响起了轮子滚动的声音，出现在烟雾之中的竟然是来势汹汹的战车！

战士们虽然十分惊讶，却毫不畏惧，架起盾牌亮出长矛，瞄准战车的轮子与上方的敌方士兵，蓄势待发。

“射箭！”法力斯命令身后的弓箭手们，给予敌人迎头痛击。

箭飞了出去，射倒了两辆战车以及几十名敌军士兵。

敌军蜂拥着，躲在战车后面冲了上来。

混战一触即发。

法力斯俯在地面，躲过敌人车轮上的刺，跳上了那辆敌军战车，在乱军中奔跑的战车上与三个敌人厮杀起来。

盖塞尔举高长矛，挥舞得呼呼有声，尽管它身旁围拢了二十几个敌人，但不管时间如何流逝，它们总是无处下手。

战斗还在继续，许多士兵被战车杀死，有许多战车被摧毁。法力斯向右边狠狠地挥出一剑，一个敌人应声倒地，它再飞出手中的武器，扎死了一个敌人，又借着脚蹬墙壁的力量狠狠地撞翻了一个敌人——它惨叫着掉下去，被自己战车轮胎上的刀锋杀死。

它剑回剑鞘，抓住缰绳。

两名骁勇的西地部落勇士一前一后地爬上战车，捡拾起了敌人的武器。

前方，一辆敌方战车正在追赶十几名克劳迪娅帝国与西地部落的战士。

法力斯立刻狠狠地掉转车头，又狠狠地一抽螳螂，让战车对准那辆敌方战车！

大螳螂钩住了战车的尾部，三名勇士顺着螳螂的背部跳到敌方站车上。

士兵们的混战逐渐加上战车的混战，变得一发不可收拾了。

但没有一个退却的。

/ 第三十三章 /

断墙决战

伊莱金越来越体力不支了，战士们也在身不由己地不断后退，就要后退到城墙里面去了。

尽管将士们十分英勇，但敌人数百倍于我。

敌人眼见得势，疯狂地冲了上来。

踏着满地尸体。

盾牌收拢了，长矛与刀剑迎了上去。

颤抖仿佛是无止境的。

也不知道过了多久，战斗已经蔓延到城墙上了。伊莱金挥舞着长矛，在狭窄的城墙上阻拦一个妄想进一步侵犯的敌人。积水泡烂了尸体，雨水冲刷着生命，在且进且退的战斗中，战士们顶不住了。

一束阳光照耀了下来，那阴雨惊慌地退缩。

一支数目庞大的克劳迪娅帝国军队拥上古城墙，和友军一起极速冲锋。

城墙上的敌人消灭殆尽，城墙下的敌人突起长矛，吼叫了起来。

排头的是十几名骑兵，一大群步兵殿后。

铁蹄践踏着敌人的灵魂。

敌人惶恐地撤退，留下千百具尸体。

敌人暂时没有能力冲锋了，这支胜利之师连忙回军，回到缺口处重新修筑新的光辉。

阳光照耀着缺口，几千名士兵不断忙碌着，将一些砖头、杂物、木头等废品填补到城墙上。

在城墙的另一端，就没那么好过了——越来越多的敌人从城门外蜂拥而至，守卫城门的西地部落军队与克劳迪娅帝国军队加起来也不过七万名蚂蚁战士，可冲锋进来的以及在门口蓄势待发的敌人起码有十五万名蚂蚁士兵！

在一辆战车上，西地部落将领法力斯带着一辆战车支撑着，不断斩杀下方的黑金帝国士兵。忽然，它被一股力量弄得摔了一跤，它在地上看到的是一辆可恶的敌军战车，上面的敌军还在大声嘲笑它！

它抓起那名被急速奔驰的战车弄得晕头转向的西地部落战士的长矛，狠狠地一刺，终结了那个敌人的笑容："谁也别想小看西地部落的勇士！"

那两名西地部落勇士也渐渐苏醒了，弓箭齐发干掉了那辆战车。

在下面，盖塞尔与三名士兵背靠背，面对着包围它们的二十余个敌人。

"看招！"

只见它以迅雷不及掩耳之势蹲下，它身旁的士兵也效仿它，它们在狠狠地旋转手中的长矛！

好几个敌人的腿都被钩断了，失去了战斗力，它们接着又拼成了一个正方形，缓慢地前进，收割着敌方士兵的性命。

时光回到几秒前，在王城，伊泽尔二十九世眼见四周无人，就抬起了手。

那不知什么遥远年代就存在的座椅缓缓地向上倾斜，拉伸了起来。

这是个秘道。

它钻进了秘道，它的座椅又缓缓地合上了，可就在座椅落定尘埃彻底恢复原样的时候，有一个黑影闪了进来。

伊泽尔二十九世深吸一口气，按下了几个数字键。

它轻轻默念道："伊里坦一世之七十三世孙，伊德温二十八世之子伊泽尔，王族第一百〇一代血脉，克劳迪娅帝国当代国王伊泽尔二十九世在此。"

又一扇大门敞开了，好像里面很宽阔。

那门又合上了，那黑影悄无声息地溜了进去。

那黑影被彻底惊呆了。

里面十分宽阔，却空无一物。

国王，伊泽尔二十九世消失了。

那黑影，一个黑金帝国派来的刺客，正烦躁不安地抽出武器左砍右砍，却没有任何效果，反而被墙壁反弹了回来。

一股香味……

那味道越来越浓，那黑影觉得呼吸越来越困难，倒下了。

它倒下的位置忽然凹陷下去，再过几秒，它不复存在，正应验了伟大诗篇中的一句：

啊！消失的生命们！灵魂是化为灰烬飞向天地苍茫，还是永存大地滋润泥土风光。

在远方的战场，敌人又攻陷了那道缺口，它们蜂拥而至，多到看不清真正的数目。

在那简陋的防线后面，伊莱金见敌人越来越近，抽出剑：“准备！”

附近的城墙以及近战战士们的身后，弓箭手们搭弓上箭，蓄势待发。

伊莱金剑锋直指敌人：“发射！”

冲在前排的敌人倒下了，但它们身后的敌人踏着它们的尸体冲了上来。

“迎战！迎战！”伊莱金叫道，拿起身旁的盾牌与长矛。

敌人伸出了长矛，战斗再一次开始了。

这一次，克劳迪娅帝国军队驻守在城墙处，并在城墙后面举高盾牌，无论敌人怎么冲击都纹丝不动。

伊莱金不断地刺出长矛，将一个个敌人打翻。

它的动作幅度很大，全身上下都在微微颤动。

什么东西动了一下，它立刻停下步伐，那是一个背在身上的皮筒。

扣子扣得紧紧的，里面的东西没有任何闪失。

它放下心来，重新抓起长矛继续反击。

那东西还在前后摆动着。

一名罕见的、比一般蚂蚁高达两倍的敌方士兵怒吼一声，撞开了盾墙一侧。

后面的士兵连忙补了上去，与那名体形巨大的士兵激战。

那大蚂蚁体形巨大、力大无穷，两只手握着巨盾，另外两只手紧握宝剑与匕首。

伊莱金看了过去，那大蚂蚁并不把它放在眼里，傲慢地对它吼了一声，继续对付那几名克劳迪娅帝国战士。

伊莱金才不甘示弱呢！它加速飞奔过去，踩住一块石头，对准它的脑袋飞跃了过去，一下子就跳到了它的脑袋上！

它将长矛迅速地翻了个个儿，狠狠地刺进了它愚钝的脑袋。

大蚂蚁一命呜呼倒在地上，伊莱金来不及喘息，就在那几名克劳迪娅帝国战士惊讶与羡慕的眼神中退回刚才的战斗岗位。

/第三十四章/

两军对峙

阵地的后面响起了吼叫声，有几只高智慧的螳螂拿着武器冲过来协助它们。

高智慧螳螂战斗力超强，它们不是克劳迪娅帝国的“马匹”，而是克劳迪娅帝国的同盟。

它们展开翅膀，紧接着一个大跨步，越过了克劳迪娅帝国的阵地，与克劳迪娅帝国与西地部落的士兵们一起反冲向城下的敌人。

城墙外传来了不甘示弱的声音，有几只大型螳螂冲了过来。大型螳螂地位卑微，只相当于黑金帝国的战兽，而不是平等的盟友。

它们的脖子两侧，有两条背带，背带绑着一个背篓，背篓上有两名身材矮小的敌军士兵。

天空中也有十几名敌军骑兵明目张胆地闯入了伊古诺瑞塔斯的领空，却又被临时起飞的飞行兵赶回了城外的空中。

螳螂与螳螂，蚂蚁与蚂蚁，两股势力战斗在一起。伊莱金先砍倒了三个敌人，又爬上了敌军的一只大型螳螂，在不断移动的螳螂背上从背篓透气孔里进攻敌军士兵。

那螳螂还是察觉到了有什么东西在它背上，频频回头，可它笨拙的脚爪丝毫不能奈何伊莱金。

通风口虽然很狭小，只能通过一柄长矛，可敌人的长矛也开始反击了。

两柄长矛在不断地进攻，黑金帝国的两名士兵也体力不支，伊莱金狠狠地扎了一下，只见里面悄无声息了，就收回了长矛，却撞上了急速行进的螳螂扁长的头部，又反弹地飞出去。

它运气很差，碰巧撞到了一根凸出的原木。

它竟然还活着，但是失去了知觉，四周的一切都仿佛静止了，又时隐时现，像幻影一样缓慢地移动着，战斗着。

“哐当哐当哐当哐当哐当……”它的长矛也握不稳了，掉到了地上。

“长官长官长官长官长官长官……”那声音第一次让耳朵十分不舒服，又逐渐越来越遥远。

有什么东西跑了过来，扶起了它。

那名士兵看长官伤得如此严重，又看见十几个幸灾乐祸的敌人围了过来，顿时愤怒地叫道：“拼了！”

伊莱金的眼里只看得见一团影子移动着，挥舞着武器，又被几个敌人刺中要害，不再动弹。

“拼了拼了拼了拼了拼了……”这震撼心灵的怒吼还回荡在它的脑海。

盾牌滑了下去，头盔也歪下来，它却发现自己早已侧身，倒在城墙旁边，背靠着一大截原木。它有些恐惧，又十分愤怒，终于栽在情感的旋涡里晕了过去。

什么东西触摸了它一下，它猛然惊醒，坐起来，忍住脑袋剧烈的疼痛。

“长官？您醒了？”

它在军营里，可军营已经被改造成了一个临时医院，许多伤兵、残兵都在里面休养，或者在里面安息。

它的脑袋上缠满了绷带，武器也不见了踪影，它站起来。

“停！您不能走！”那士兵拉住它。

“放开！我要去战斗！”伊莱金想起自己仿佛前一秒还在与敌人战斗，被大螳螂摔到原木上，就不能抑制自己的愤怒。

“长官……已经是晚上了！打什么仗啊！”

它才发现天已经昏昏沉沉，仿佛刚才自己眼里的白昼在一瞬间变成了黑夜似的。

残阳如血。

这里由于离城墙还有近十分钟的路程，战斗没有继续，而城市的另一端，两支军队还在交换两名官员。

黑金帝国那名官员官职高一些，而克劳迪娅帝国的行政官员官职并不高，所以，双方都为交换的筹码而发愁。

“听着！你们必须在交换官员的时候把你们的俘虏还给我们！我们也会把我们的俘虏还给你们！”

克劳迪娅帝国那一面，盖塞尔扯着嗓子吼叫着，却无法在乱哄哄的官员中解决问题。

法力斯叉着腰，脸色阴沉。

它把站在石头上奋力扯着嗓子重复刚才话语的盖塞尔拉下来，说道：“真是的，爷们就该动刀动枪解决，何必像个小娘们似的在那儿扯皮呢？”

大将军盖塞尔却没理会它，继续喊话。

“一个官员换一个官员，怎么，因为官职不一样还要多加筹码？”黑金帝国那方，一名将领也不耐烦了，嚷嚷着说道。

可这种情形下，谁又听得见谁说话呢？

太阳正在回光返照，不久后黑夜将接管它的权力。

在军营里，许多露珠还残留在苔藓上，石头表面非常光滑，映照着天与地，忽然，有什么靠近了，坐在了那儿。

伊莱金把水清理干净后，就坐在了那儿，观察着微观世界。

一大群小甲虫正在苔藓里爬行着，它们小得难以置信，这块石头对它们来说都是剧场。

“小家伙。”它看着这个微观世界，这曼妙的剧场，那小甲虫十分可爱，它却看不大清楚。

它轻轻地伸出手，把其中一只放在手心。

那只可爱的小甲虫扇了扇翅膀，想要飞起来，可它短小的翅膀不给它飞起来的资本。

它看着小甲虫。

伊莱金轻轻地把小甲虫放下，看它带领着队伍消失在视线里。

/第三十五章/

席上交友

太阳的余晖都快消失了，双方还是争论不休。

法力斯彻底看不惯了，大步向着这股敌军的主将走过去。

“你……你要干什么？”那主将从来没见过这种情况，又对敌人的气势有所敬畏，说道。

它没有停下脚步，走过去掐住了敌军主将的脖子！

这时，敌人把它包围了，但法力斯毫不惧怕，反而还抽出武器抵住了对方的喉管。

“换不换？”它眼睛大睁，怒视着敌军主将。

“换……但是我表示抗议。”

敌军主将被彻底征服了，小声地说道。

它又怒喝一声：“旁边的？”那些士兵也纷纷退回敌军主将的身后。

它松开宝剑，飞起一脚让那黑金帝国主将连连后退，又大踏步回到了克劳迪娅帝国的阵营，率领本部人马扬长而去。

“真正的西地部落勇士。”盖塞尔佩服地说道。

军营的晚上，非常热闹。

晚餐时间到了。

一块块油腻的肥肉滑上餐盘，一杯杯甘甜的美酒摆上桌子，伤兵、残兵纷纷聚了过来，享受着难得的战争之外的休闲时光。

伊莱金走到上面，举起酒杯严肃地说：“敬你们的勇气。”

下面的伤兵、残兵纷纷举起酒杯，一饮而尽。

随后，悲伤的气氛一扫而光，军营里到处都是喝着酒吃着肉四处闲聊的士兵们。

“哈哈！嗯……看吧！你的酒量没我好！”伊莱金举起酒杯，与它醒来见到的第一个士兵干杯。

那还不是个普通的士兵，它是一个外表普通却深藏不露的传令兵。

传令兵非常罕见，一座普通城市也不到五个，就像伊古诺瑞塔斯这座巨型都市也只有十个。

那传令兵看了看自己身旁平放的酒杯，再看看伊莱金身前小山般的酒杯，顿时面红耳赤。

“哈哈！你太差劲了！”伊莱金打了个酒嗝，看着体力不支坐在椅子上喘息的传令兵，说道。

“我输了，呃，可我才不愿意输给无名之辈呢！”

“伊莱金。”它友好地伸出手，结交了这个朋友。

“四。”传令兵回答。

“你的名字叫四？太奇怪了！”伊莱金回答。

“哦，习惯用编号了，四是我的编号，代表着我的水平。”

“我的真名叫司徒冲。”

晚上，伊莱金躺在床上，听着夜晚一切奇妙的声音。

这个夜晚很宁静，温柔的月光正不断映照在花草上，给予它们万千生命力，附近也许有一只蟋蟀类的小虫子，正低声鸣叫，那声音十分悦耳，仿佛花草都为之开放。

起风了，淡紫色的野花摇曳着，整片空气中弥漫着花香的味道，风还带走了许多如金星般闪烁的花粉，飘落在冰冷的铁甲上。

它合上了眼，享受着短暂和平的芬芳。

国王伊泽尔二十九世睁开了眼，好奇地注视着身旁的一切。

它没有见过，这是超出蚂蚁认知范围的。

神址。

神的宫殿。

它非常诧异，只是内心的翻涌难以用言语表达——这，就是世世代代的秘密吗？

那团光迎了上来："知道你为什么会鬼使神差地打开宝库，来到这里吗？"

"神！"伊泽尔二十九世跪了下来，"我不知道，伟大的神。"

"克劳迪娅帝国的一座城市发现了一批宝藏。"

国王瞪大了眼。

"金丝楠，人类世界的帝王之木，独特香味引人入胜，世间万物都为之陶醉，蚂蚁们为之陶醉不能自已。可是，它迷人的花纹很像二维码，就像世界之门，其中蕴含着一个惊人秘密：它独特的果香蚂蚁都称它为安格里（双关，古玄驹语：安格在古玄驹文化里意为'死亡之神'，而格里斯在古玄驹文化里喻为'生命之母'），在你神魂颠倒的时候会一点一点吞噬你的生命。这王者的宝藏，已成了民间血腥的代名词。宝藏也会成为死亡之地。"

伊泽尔二十九世有些恐惧，咽了咽口水。

“王族既要拥有宝藏，也要确保不会被宝藏所伤，就必须在登上王位两年后的那一天才拥有掌握宝藏的权力，为什么呢？

“你们是王族，新生的力量就比普通蚂蚁强，再加上天神的赐福，金丝楠的香味就不再是死神了。”

一种药水盛在半个水晶球里翻滚着，飞驰了过来。

伊泽尔二十九世正在飞速地思索着，看着那束充满诱惑力的光，那束光没有任何回应。忽然，有什么东西进入它的心灵。

它看见了神，神赋予它君临天下的快感！

“你可以喝，也可以不喝，你将拥有这些宝藏十年，缩短十年的寿命，你可以享受这种无上光滑，吸取这种灵气，同样，在你必死的时候，也就是减寿十年之后，你的灵魂也会比其他蚂蚁更加升华，转世就会成为有权力的蚂蚁，只是不确定国家而已。不喝，你将失去这些宝藏，关于宝藏的记忆也会消失，但是，你在真正‘死亡’的时候，也就是你驾崩的时候，你的肉体不会消失，灵魂也会去到温暖的地方。”

在它心中，野心像太阳一样疯狂照耀着心里的最后一丝理智，融化了恐惧的寒冰，最后，野心充满了伊泽尔二十九世的胸腔。

伊泽尔二十九世站起身来，夺过水晶杯，毫不犹豫地喝下了。

恍惚之中，它又回到宝座上，刚才发生的事亦真亦幻，过了一会儿，伊泽尔二十九世回忆起刚才的梦幻，千真万确这是一场奇妙的邂逅，它露出了神秘的微笑，再次确认附近没有蚂蚁的时候，它快速砸下那块宝石，飞快钻进了宝藏里。

神在一个巨大的水晶球旁，注视着这一切：“与它的列祖列宗一模一样。”

那束光又转身，深邃无止境的目光望向那伟大的地方。

光又渐渐消失，不知道去哪儿了。

/第三十六章/

安格里圣剑

第二天，朝霞还没有映红苍穹，这是一天中的黎明前的黑暗，在这时，士兵们却已经醒了。

“随时预备着战争，提防着战争，才能战胜战争。”它与所有皇子的师傅说出这句话后，它永远铭记。

“这是……”一个老兵正扛着一堆箭，准备把它们填补到螳螂车上时，偶然看见了伊莱金斗篷里的东西。

它迟疑了一下，拿了出来。

“天哪！”老兵看见它，缓缓地凝神，又忽然想起了什么，惊讶地喊叫。

良久，老兵才轻声说道：“一直有个传言，血脉最纯正的王子，也就是第一个出世的皇子可以不惧人类的王者之木，就是我们想都不敢想的……安哥里！”

“您说的是金丝楠？”伊莱金身上流淌着皇族血脉，自然知道。

“每一个后，不管是国王还是王族，比如说亲王，都会赠予头胎一个礼物，也不知道有没有实行，因为我们不是皇后，也不是那种达官贵人。”

“它会赠予自己的孩子一样伟大的礼物。”

盒子被打开了。

是一把残剑。

这把剑很奇怪，剑柄都是完好的，上面的浮雕清清楚楚，这把剑剑身上还有一段，可是最上面的一段，也就是锋芒的那一段却无影无踪？

它的手好奇地握上去，紧紧地抓住了剑柄。

忽然，那剑竟然刺出了什么东西！

那是剑尖，但是这材料一看就知道不是蚂蚁能锻造出来的！

它比自己的佩剑还有魄力几倍！

这剑剑气逼人，散发着一种金丝楠味，这味道不像别的金丝楠那样使之沉醉在温柔乡里，而是锋芒逼人，逼得其他士兵连连后退！伊莱金有些头昏脑涨了，但它还是靠近剑深吸了一口气。

好像什么被打通了，它忽然不怕这气味了，甚至开始迷恋这种特殊的味道。

这剑的气味从剑里游荡出来，与它的勇气凝为一体，变得更加凌厉了。

剑柄的末端有一段年代久远的铭文，它轻轻地拂去上面的一些灰尘。

上面写着：“安吉利斯·格拉姆·里菲基亚。”（这句话是伊莱金的母亲伊尔丽所说，古玄驹语，意为“让它永远随着你走遍天涯”）

几滴泪水滴落在剑上，并随着剑身缓慢地流淌，融入大地。

这是一句祝福语，却没有关于剑的任何信息。它又左右翻转着，最后，它紧握着剑柄处好一会儿，观察剑上方的地方，可它发现剑身上有一段闪着光的东西，光芒越来越亮，到最后渐渐消失。

那是一种书写十分独特的古玄驹文字。

伊莱金不仅认识这些古文，还有些精通。

它感受着剑身上母亲的祝福，那是一种温暖的情感。

这剑像艺术品一样，能文又能武。

远方的城墙，又响起了敌军的号角，几块石头撞碎城墙，滚入城内，发出轰鸣的声音。

它的手靠近剑的锋芒，轻轻触碰了一下。

一滴鲜血流向剑身。

鲜血铺散开来，流淌进了剑身的花纹。

“依旧如当年。”

不难遐想这把剑当年的光辉。

它望了一眼身后的战士们，横剑冲向战场。

晨阳照耀着它。

/尾声/

另一个世界

“滴答”的滴水声已经响了很久，尽管伊世俑身处岩洞深处，却依然能感受到晨阳的温暖。

已经一天了，与世隔绝，身边死一般宁静。

它艰难地站起身，余光扫到了那根豪猪刺。

自己的长矛不知身在何处，万幸的是其他装备几乎完好，只是干粮被岩洞里的水浸湿了。

它尝试了几次，都没能成功离开这里，只好转身往岩洞的深处去。

伤口火烧火燎的，影响着它的神志。

地底深处跳动着一簇火苗，由远及近。

伊世俑走了两步，跨过了一根浮木，它很好奇浮木是从哪里来的，它认为洞穴如此之深，不可能生长植物，更不可能生长树木。

可那簇火苗越跳越近，让它的好奇心战胜了陌生感和身体的伤痛。

它探出脑袋，眼睛审视着前方，头盔上的羽毛左右摇晃。

可它被看到的场景吓得连连后退，一屁股坐在那根浮木上。

对面那戴着面具的蚂蚁也从恐惧中回过神，小心翼翼地走过来。

伊世俑看了看，椰壳制的面具；五颜六色的羽毛头饰；身上编织细密的茅草裙，其他地方一丝不挂，并绘画着许多图腾；腰间一把黑石头制作的，坑坑洼洼、弯弯曲曲的猎刀；最奇怪的是它手中拿着一根空心管子。

伊世俑见到这奇装异服，尤其是那根管子，想：“这管子……哈，这不是古书中的土著部落用的吹箭吗？天哪，这都什么年代了，还在用这么落后的东西！真原始，真野蛮，真落伍！”

它正想着，却没有注意到，自己坐着的浮木早已不堪重负了。

“咔嚓”，伊世俑惊叫着，眼前土著般的蚂蚁却随着自己的落地从一只变成一群了！

原本嘈杂的土著般的蚂蚁们顿时安静了，一双双眼睛注视着它。

死一般的宁静。

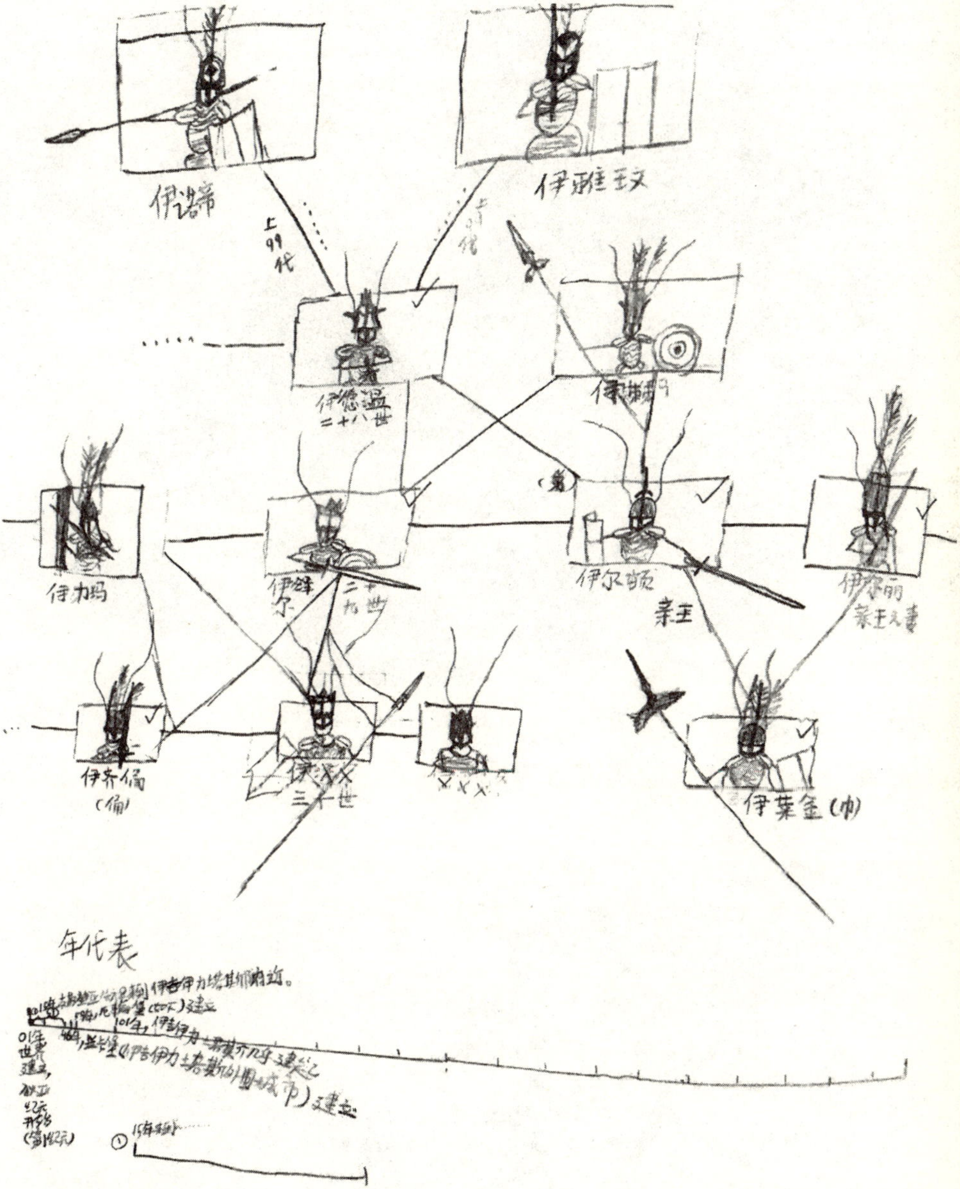

插图均为作者手绘

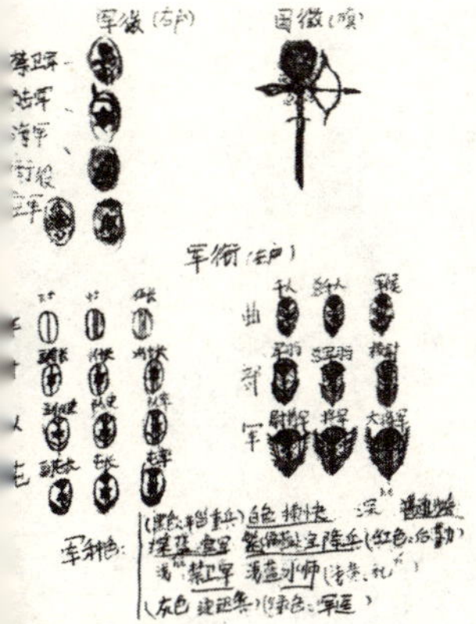

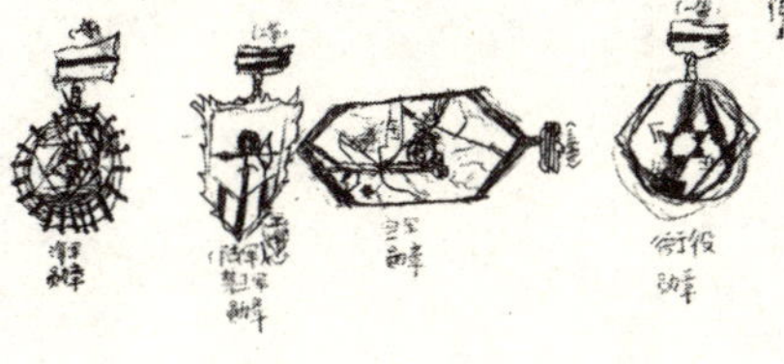

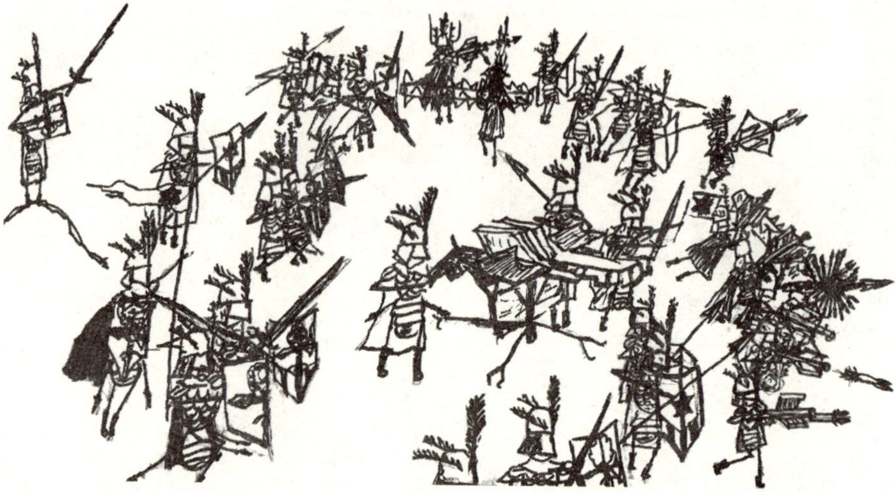

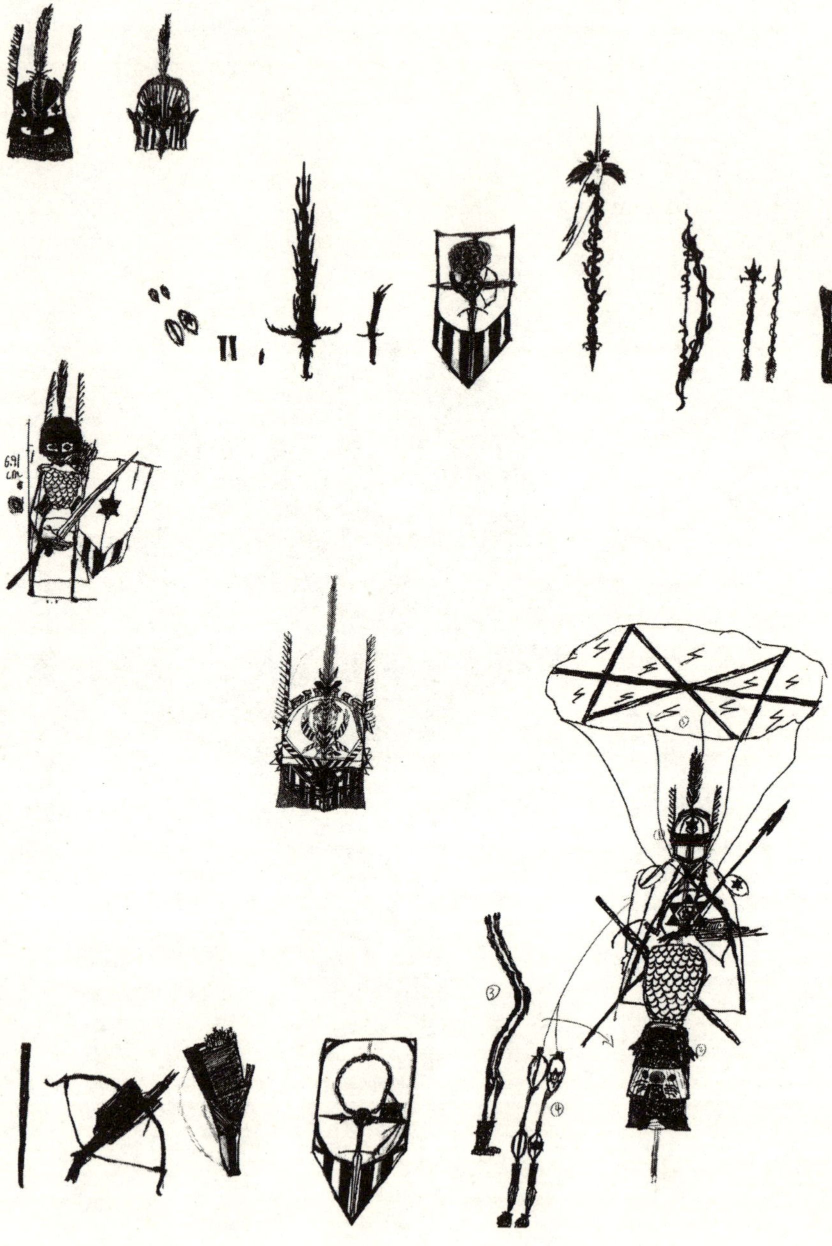

骑兵（将军）
战车
将军
士兵
战士
士兵
大将
战士（?）

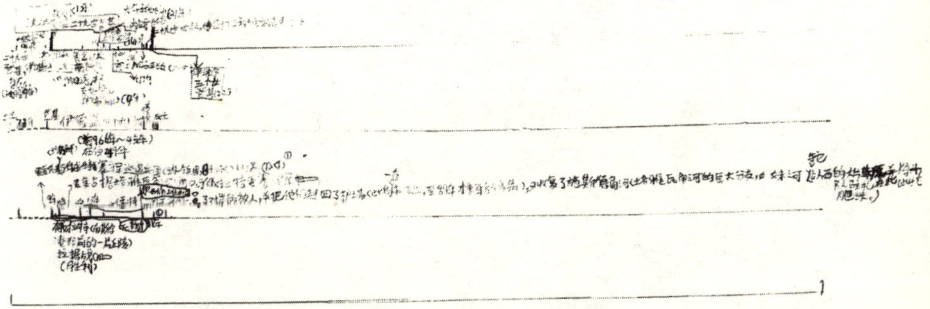

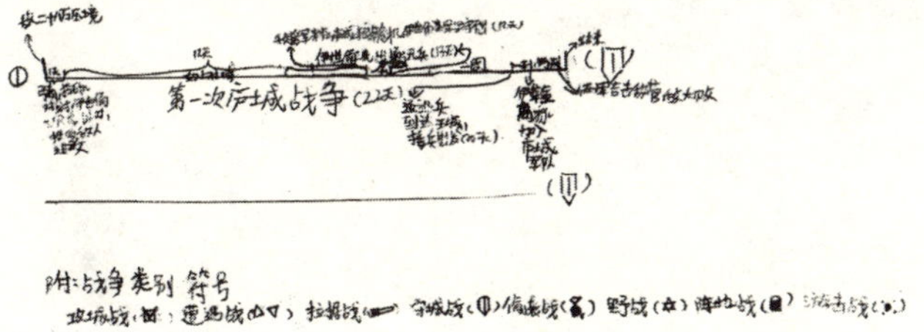
第一次庐城战争（22天）
附：战争类别符号

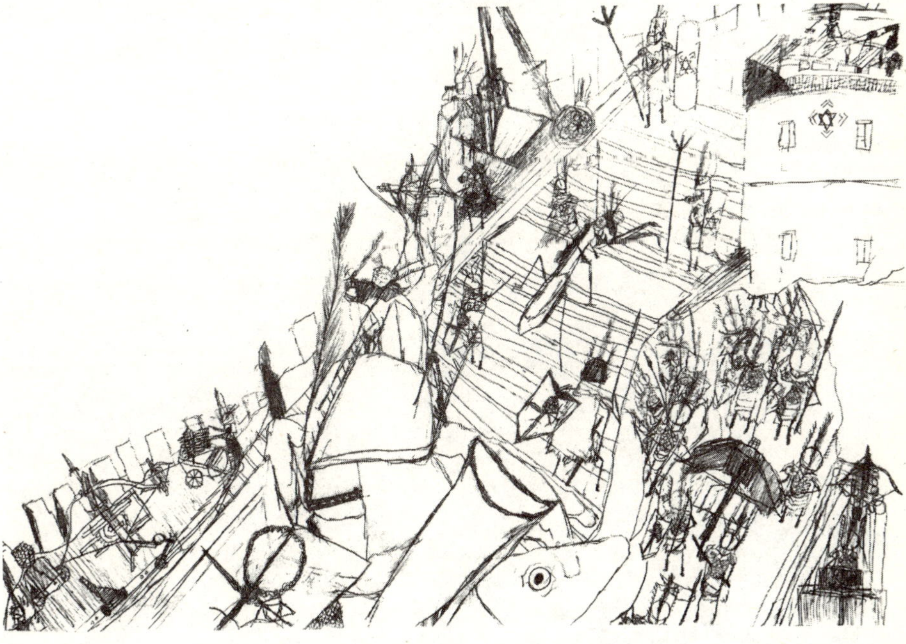

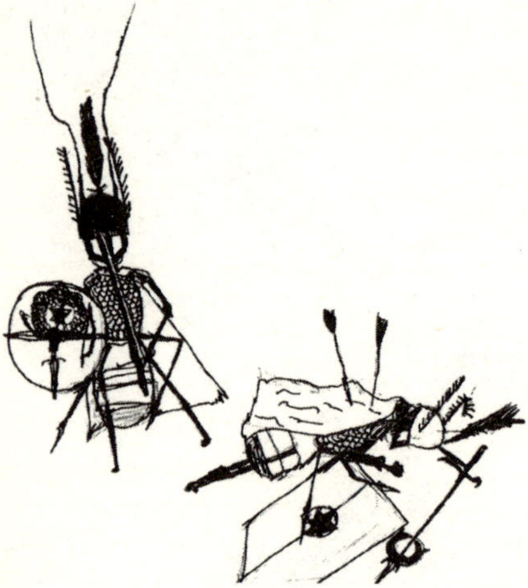

甲胄世界

/序/

四岁那年，我的生日礼物是三只活泼可爱的小巴西龟。一天，我在家百无聊赖，看到乌龟们便想到了一个好玩的点子：“正好，我贴了条长长的赛车跑道给小汽车们，小汽车，你们肯定愿意把它借给小龟龟们，是吧？！”

我给乌龟们做起示范：“你们看，先趴在起点，等到发令，就跑，跑到终点就停，知道了吗？”

乌龟们半伸着脖子，老老实实趴着不动，它们憨态可掬地盯着我，我说：“真乖！小家伙们，你们可真聪明！”就把它们并排放在起跑线上。

我欣喜地站到终点，拿着小红旗，叼着小口哨，蹲在地上，煞有介事地命令道：

“各就各位，预备——”

正待发令，其中一只乌龟就趁我不备，以迅雷不及掩耳之势跨过了起跑线，像一匹脱缰的野马驰骋而去。

我惊呆了。我本以为乌龟行动非常缓慢，可是，虽然起跑线很长，但是它已经在短短的十几秒内跑了四分之一的跑道，相当于十几厘米的长度被它甩在身后！

“抢跑，抢跑！快站住！”我这才反应过来，气急败坏地叫道。

我爬行着追它，好不容易才用双手钳住它的后背，把缩头乌龟提了起来，用小卡车运输回了起跑线。“咦？另外两只乌龟呢？”我陷入惊慌，着急地把这只乌龟藏匿好，爬到桌子上，四处寻觅：一只已经爬到餐厅，在桌子底下围着椅脚，四条小腿奋力地前后抓爬着，像无头苍蝇一样笨笨地绕圈；另一只却躲在我背后的积木城堡后面，偷偷摸摸地伸着脑袋，怯怯地看着我，可被我发现时，它吓得惊慌失措，还把我的积木城堡撞塌了！

我气疯了，攥紧小拳头大叫：“太可恶了！全部给我回来，回来！”龟龟赛跑闹剧般地收场了。当时，我很生气，气鼓鼓地想着饿它们几天，让它们给自己道歉的情景，想着想着，不禁得意地笑出了声。

是啊，这些天真而有趣的小事丰富了我的童年，现在回想起来真是年少幼稚啊，自己对乌龟智商与模仿能力的一厢情愿，真是好笑。但还得感谢它们给我童年带来的无穷乐趣，并让我萌生了创作动物小说的计划！

从2016年开始创作了数千字的《带盾的绿色斗士历险记》，后来发展到今天的中篇小说《甲胄世界》！

/第一章/

乌龟的童年

引子：生命之初

那个荒废已久的鳗鱼洞穴，半明半暗地隐藏在一片静谧丛林的水边。

一天，一条小鱼钻进了这个理想的洞穴，它游啊游，看中了一块舒适的石头，可石头怎么这么平而尖啊！小鱼小心地碰了碰它，没动，蹭了蹭它，也没动，于是它一边放心地栖在“石头”上，一边将金黄的鱼子产在它的附近，但“石头”突然动了，它将小鱼咬死，一口一口贪婪地吞咽着鲜肉，吮吸着那一排排金黄的鱼子。这是它出生以来的第一顿饱餐啊！

当它从那块布满枯叶的土地上吃力地探出头来时，已是傍晚时分了。夕阳像个老妇似的慢吞吞地向下爬，它好像眷恋着那波光粼粼的湖水，时时眺望着那个神秘的亚马孙之夜。一只调皮的不愿归巢的松鼠在树上忘我地舞蹈着，蓬松的大尾巴有节奏地摇晃着，连松叶都为它那令人眼花缭乱的舞姿倾倒。有十几根松针看得太入神了，竟一不小心从树上跌落下来。一条竹叶青穿着它青绿色的隐身衣，潜入了黑暗之中的一棵乔木上，悄无声息地等着“大驾光临”的猎物。

在此起彼伏的丛林小夜曲中，它吃力地从土中爬了出来，满脸尘灰的它发现身边有两只同样处境的小龟，于是就和它们一起向水域前行。因为它的外壳在黑夜中熠熠生辉，所以称它为灿吧！

一次，灿带头爬进了一个幽深的洞穴。它刚刚爬进去时，就发现这个洞穴十分安全，等它醒来，外面只有一个害怕地蜷缩在蒿草中的同伴和一具惨不忍睹的小龟空壳，以及一根包着稻草的羽毛，吓得它俩魂不附体地逃离了这个洞穴。

不久，它俩发现了一片看似阴森的湖泊，被称作蝶的小母龟不愿下水，而灿呢，一个猛子就下水了。可不一会儿，当灿浮上水面时，蝶早已不见踪影，只有一条小的网纹蟒挺着吃饱喝足的大肚子在一棵果树上晒太阳。灿吓得一溜烟儿地跑进了一片水域，那里有足够灿吃一辈子的水线虫，有不费吹灰之力送上门的小鱼儿，有入口即碎的小虾米；岸上，潮湿的土地中孕育了许多面包虫；十几株树苗上的蛆虫唾手可得。在这片肥美的环境中，它享用了五个月的美食，灿认定自己是最幸福的、强大的。

直到有一天，一只雄壮的长颈龟踏着金秋的黄叶雄赳赳、气昂昂地闯入了这片水域，当灿反应过来时，它已不是强敌的对手。于是，灿机智地撤退了，并沦为四海为家的流浪龟。

当北风凛冽之时，灿领会到了弱者生活的艰辛——冬眠之际，灿好不容易挖了一个合身的小洞，正要进去，一只大草龟闪现，毫不客气地霸占了小洞；灿仍然十分努力地从土中掘出了一条蚯蚓，谁料，只走了两步后，一条水蛇竟然连蚯蚓和灿一起咬住。它一甩，蚯蚓和灿呈一条抛物线飞上了天。蚯蚓被水蛇如磁石吸铁般地吸进了肚，要不是灿及时松口，估计也成了水蛇的一道美味小点心。惊魂未定的灿，捉住了一只微不足道的小虫，转瞬，却被一群奔驰而过的驼鹿抛上了天空，又让它像一个被淘气的孩子掷出的石子似的飞进了水中。幸运的灿找到了刚才那条可以果腹的小昆虫，不料，又被一条不怀好意的食腐鱼给盯上了。好险啊，灿终于摆脱了食腐鱼，四顾茫然的灿，拖着疲惫的身躯又“砰”的一声撞上了一块岩石……

直到深秋最后一片落叶飘零时，直到天边最后一抹夕阳睡去时，灿才从水中吃力地爬上了岸。那一棵棵好似在放肆嘲笑它的大树令它十分不安，它必须抢在睡眠之神来临前找到藏身之处，还好发现了一个被水獭废弃的洞穴。终于，它开启了冬眠之旅。

春，在悄悄地到来……

灿伸伸懒腰，抖抖小尾巴，眨巴眨巴豆豆眼，慢吞吞地爬出了洞穴，映入它眼帘的是那美丽的春景：一缕寒风还在霞光中找寻自己的归宿；光与影织成了一片片丝布欢愉地擦拭着黑夜余下的尘埃；几群鸟儿在天空中歌颂着春天；而轻曼的春风在白云的陪伴下，欢欣地在新抽出的嫩芽的喝彩声中抚摸着冬日的坚冰，那薄冰惶恐地被涌现的清泉淹没。兽群欢跃着、奔跑着，吼叫声如礼炮般迎接着春——美妙的春、明丽而又澄澈的春。潺潺流水，伴着喧嚣和呢喃的春天的大合唱，灿独自寻觅着那片属于自己的纯美的净土。灿苍翠的身影从袅袅迷雾中蹒跚而过，洞穴上方的那棵青松绮丽多姿地迎风摇摆，好像一位慈祥的母亲在和浪子道别离。

灿在春天的怀抱里逐渐成长为一只成年大龟。不知不觉夏天来临了，美好的时光总是这样转瞬即逝。

夏，灿来到目的地——布朗库河的上游，这是一切生命的别墅区，小到蚊虫，大到鳄鱼，全部生活在这个不大不小的空间内。但这何尝不是每一个生命的家园呢？尽管这里存在着杀戮。

灿来到这里，它避开了一只张牙舞爪的大螃蟹，在一片泥土之中挖掘出了一个属于自己的洞穴，有板有眼的小家。在岸上有一个露出水面的“小岛”，又在“小岛”上的一片草丛之中挖掘出一个便于逃生的出口，在水底的岩石后面是另一个出口。它的家里有两个铺着水草的小窝，有一间露出水面却又隐藏在洞穴内的储藏室，有一条弯弯曲曲的通道，还有一间单独的房间，墙壁上有一条通道通往水域，就当作卫生间吧。甚至在那片隐蔽的草丛中，在出口旁边，还有一块平平整整的石头，太阳光每天照射在石头上，爬上去晒一下湿漉漉的背，是每一天中最惬意的事情！

/第二章/

灾难后的幸福

一场灾难打破了这里的宁静。

那一天，灿正准备舒舒服服地晒背，突然，发现远处的一片草动了起来，可是现在一点风都没有啊！于是，灿警觉起来，躲在晒背台附近最茂密的草丛中，眼睛紧张地一直瞄着那个地方，目不转睛地盯着。过了一会儿，草丛中出现了一条蟒蛇！蟒蛇将乌龟视为美食，天敌来了，灿吓得把头缩进了壳内。

蟒蛇并没有注意隐蔽，而是急火火地以自己最快的速度穿过草丛，野草屈服在蛇行的路上。灿意识到不只是一条恐怖的蟒蛇这么简单！它立刻小心翼翼地、目不转睛地慢慢退回到出口的位置，只把头露出来，观望着情况。

一个头上插着五彩缤纷的羽毛的土著人出现了，它知道，人类是自己最可怕的敌人，就是他们杀死了那个在洞口前的小伙伴！一下子，它的愤怒就涌上了心头，但是，它只能静观其变。

此时，土著人显然已经注意到了那条慌忙逃窜的蟒蛇。他站在远处，拿起身上的一根竹管，从竹筒腰袋中不慌不忙地取出一支涂满红色液体的飞镖，插入了竹管，轻轻地放到嘴边，猛地一吹，顿时，蟒蛇的脖子上多了一支刺眼的飞镖。蟒蛇痛苦地挣扎着，大张着嘴，吐着红芯子。几秒后，蟒蛇张大着嘴就直挺挺地趴在了地上，蛇眼圆鼓鼓地睁着，已没有了气息。灿看见这一幕，连大气都不敢出，害怕自己也会步那条蟒蛇的后尘。

土著人走过来，把飞镖取下，重新涂上了红色的液体，将还未僵硬的蟒蛇放进了袋子里，消失在丛林中。灿像被人施了定身术似的，惊得动弹不得。直到多时以后，一阵小雨打在身上，它才醒了过来，惊魂未定地爬回了洞穴。

第二天，灿被动物们的奔跑声、游水声和哀嚎声吵醒了。灿急忙跑了出来，它看见的是一幕惨不忍睹的画面：一只野猪奔跑着，蹄子践踏着草坪，向灿这边奔跑。眼看野猪的蹄子就要踏在自己的身上了，它无法躲避，闭上了眼睛。可是，野猪并没有踏在它的身上，只是传来了野猪垂死的尖叫，一股热血喷洒到灿藏身的地方，雪亮亮的獠牙插在灿的身旁；一只山雉刚刚腾空而起，一支箭就插进了它的身体，它摔了下来，发出了最后一声垂死的鸣叫，就再也无法动弹了；一条平日里在水中威风八面的巨骨舌鱼刚刚心急火燎地从灿面前逃过，一根鱼叉就穿身而过，它巨大的胡须和身体一起被重重地摔在了岸上，堆在它同类的尸体附近；一只母双角犀鸟带着它的两个孩子躲在窝里，随着大树被砍掉，它的雏鸟也发出了不安的叫声，所以，土著人就在树倒地的时候找到了雏鸟，用手抓住雏鸟放进了背篓，母鸟趁机逃了出来，发出一声声椎心泣血的悲鸣，痛不欲生地撞到树上，被土著人一网打尽……

灿看见这幕恐怖的场景，赶紧逃走了，逃回了自己的小窝，一边打着寒战一边趴在小窝里边儿。也不知道过了多久，灿才从它的小窝步步为营地爬了出来。它爬到河里，看见到处都是死鱼死虾，红色巨骨舌鱼的胡须在河里上下漂浮着，仿佛是在吊唁它的主人。

灿为了生存只能吃下一些死鱼死虾。它在河里游着，游到草丛边，嗅到一股很浓的血腥味，它看见一块绿色的“水草”在上下移动，十分好奇，走近了，居然是一只跟它年龄相仿的巴西龟。它们相互闻着对方的气味，一种似曾相识的感觉扑面而来，居然是它阔别已久的“死去”的蝶！

可是蝶不是已经被网纹蟒吞进肚子里了吗？原来，当时蝶逃走的时候，掉进了一个洞穴，于是，网纹蟒就一直守在洞口，可是出来的不是蝶，而是一只被蝶挤出来的惊慌失措的老鼠。网纹蟒可不管是乌龟还是老鼠，只要能吃饱就行，于是，一会儿，网纹蟒叼着被它杀死的老鼠去果树上晒太阳了。蝶过了一分钟后，从洞里爬了出来，惊慌失措地跳进了灿几分钟前跳进去的水域。可是，当蝶跳进去的一瞬间，灿刚好从水面浮了出来，看见的当然只是吃饱肚晒太阳的网纹蟒了。蝶依然活着！

它俩欣喜万分！灿带着蝶回到了它的小窝。在蝶疗养伤口的时光中，它们渐渐地相爱了。

七个月后，灿和蝶并排趴在那块石头上，欣喜地看着半个月前它俩埋下龟蛋的地方。不久后，它们听到了细微的碰撞声和破碎声，过了一会儿，一个稚嫩的小脑袋露了出来，刚刚伸出来的爪子抚摸着大地，明亮可爱的小眼睛看着自己的父母，紧接着破碎声和碰撞声接踵而来，谱写了天地间又一曲生命的交响乐！

苦尽甘来，历经艰辛磨难的灿终于和心爱的伴侣幸福地生活在一起！

/ 第三章 /

与爱人失散

灿和蝶都非常喜欢旅行。

这一天，它们俩又去旅行了。临走前，它们找来一些水草叶子，堵住了水底的洞口，又爬上岸，用晒背石“锁”住了岸上的洞口后，就开心地出发了。

它们对每次旅行都考虑得十分周全，偏偏这次，它们俩谁也没有抬起头观察一下河流——泥石流快来了。

晚上，它们随意找了一块石头，就在上面趴着睡觉了。

它们实在太疲惫了，没有像往常一样留一只守夜。

半夜三更，地底突然传来轰隆隆的响声。

它们还没有察觉，泥石流就已经暴发了。

“吧唧！”睡梦中的蝶被几滴冰冷的泥水打中，太冰凉了，不一会儿就把它冻醒了。

蝶从睡梦中睁开眼：“咦，这是什么？”

蝶的声音在石壁中回荡，把灿吵醒了。

昏昏欲睡的灿爬到蝶的身旁，揉了揉惺忪的睡眼。

它看见了一小片泥水，纳闷地说：“奇怪，这里怎么会有泥水？”

这时，出去察看情况的灿被一群动物挤了回去。

它们的速度很快。

灿好不容易从晕头转向的状态中反应过来，叫住最后一只乌龟：“打扰一下，你们在干吗？”

那只乌龟头也不回地叫道：“泥石流来了！逃命呀！”

灿一下反应过来了，泥石流可是生命的杀手啊，跟随着那只乌龟一起向前逃跑。它的情侣紧随其后。

可是它们怎么能跑过泥石流？

“它来了！”

跟着动物群没跑多久，它们就被泥石流追上了。

泥石流很快席卷了队伍末尾的几只刺猬，它们惨叫着消失在灰褐色的洪流中，只剩下几根毛刺随着泥石流继续向下游冲去。

已经跑到前面的灿和蝶看到这一幕，简直是魂飞魄散！

有些两栖动物跑到了水里，又惊叫着往石头缝里躲——岸上的泥石流并不比水中的泥石流的危害性小。

灿一边加快逃命的速度，一边想好了一个计划。

它要救蝶。

瞅准路边一截比较大的枯木，灿突然顶起了蝶。

当蝶反应过来时，它已经在枯木上了。

灿在后面一边吃力地往前顶着枯木，一边踩着一块石头准备跳上枯木。

蝶伸出了一只手，灿正准备抓住机会上来时，蝶叫道：“危险！”

灿回头看时，被泥石流冲走了。

蝶伤心欲绝地望着前面的泥石流。

忽然，它听见前方传来绝望的叫声。它向前方望去，原来是一只抓着树干、正要被泥石流冲走的江豚。

它就像骑大象一样，控制着枯木，冲到江豚附近时把江豚抓住的那棵树木上一条强有力的枝丫推到底，像刹车一样放慢了速度。

江豚抓住了枯木的“尾巴”。

它感激地看了蝶一眼，就把自己的上半身送到了枯木后端一截比较矮、浸没在水里一部分的地方。

它们一起向远处漂去。

昏迷状态中的灿被人类的嘈杂声吵醒了。

脑袋昏昏沉沉的，它从来没有这样过。它努力地睁开眼，抬起头，注视着这个全然不同的世界。它离心爱的蝶已经很远了，因为，它被铺天盖地的泥石流冲到了一个乡村。

/第四章/

初识人类

被泥石流冲到下游的灿苏醒在一片泥塘里。映入它眼帘的不是亚马孙丛林，而是人类世界高耸的钢铁森林。它感受到了孤独与无助，这还是第一次——自认为有勇有谋的它从来没有在别的事情前低过头。

两个人类正在不远处交谈着，从他们的语气和表情就可以看得出他们在讨论泥石流的伤害。

原来，他们的田地也被泥石流摧毁了。他们两个穿着雨靴，带着鱼叉、渔网、背篓等，走入泥潭，捡起了几条死鱼和一些浸泡在泥中的甘蔗。

灿突然害怕起来，想要逃跑——它明白了，他们是想把泥石流杀死的、击伤的动物全部带走，这样，他们就可以收回一些成本了。

可是它逃不掉了，因为它被渐渐开始干燥起来的泥浆黏住了。

这时，一个眼尖的农夫发现了它，指着：“看，那里还有一只没有死的乌龟！”

另一个欣喜地说：“正好，我亲戚不是开了家宠物店吗？进城买新种子的时候，把它送过去，这只小龟就可以有新的主人了！”

最初发现他的农夫不再说话，把手里的鱼叉换成了一张网子，向它靠近。灿惧怕地动了动，自知无法逃脱，绝望地闭上了眼睛。

最初发现它的农夫把它放进了一个袋子，并在上面戳了几个眼儿，不轻不重地放进了背篼，又叉了一些死的动物放进了背篼，就离开了泥潭，回家了。

这是灿对人类的第一印象。

它觉得，人类世界很奇怪，他们的逻辑它无法理解。谁知道呢？这个院子里不只有人类。一进门，一种它从没有见过，体形高大，毛黑黢黢的动物就从一个好像是窝的地方跑出来了，并且扑在了农夫身上，像丛林里的蛇一样吐出了舌头。天哪，太恐怖了！

忽然，它黑褐色的眼睛转了转，吸动了几下鼻子后，就仿佛发现了灿似的，不怀好意地靠近了。

灿大吃一惊，简单思索了一下后就缩回了脑袋，不动弹了。

农夫笑了笑，说：“袖珍虎，你想吃什么？那我给你看看吧！”

说着，农夫从包里掏出一条小鱼，丢在地上。那长得像狼却又极为温顺的动物欢快地叫了一声，像是在感谢农夫一样。它叼起了那条鱼，看了农夫一眼后就背过身去咀嚼食物。

短短几秒后，它就又转过头去，用无限渴望的眼神望着主人，似乎在祈求第二条鱼一样。

灿闭上了眼睛，因为它不愿看到这种奴颜媚骨的行为——一只动物，要么在野外拼死搏斗，要么在城市苟延残喘，怎么可以在人类面前这么没有自尊地讨食呢？难道它的自尊心像铁门一样被紧紧地关闭、封锁了吗？抑或像秋日落尽的繁花般落了一地？可它还是动物的骨肉、动物的皮囊呀！它能算是一只动物吗？能算是一只生活在野外，从不向别的势力低头的动物吗？难道它从没接触过野外，没在野外游戏过、狂怒过吗？

在灿看来，这“二不像”的行为简直不可理喻！

天地像是一面巨大的鼓，此起彼伏的闪电照耀着从下午就开始想念大自然的灿，轰隆隆的雷声在天地之间激荡，尽情地放肆着。灿知道，它又要被漫天的暴雨淋透了。

他乡囚徒的生活太不是滋味了！在家里，至少不用天天看见苟且偷生的动物，尽管只在这儿待了一天；至少不用被绑得像粽子一样，动弹不得，尽管它只被这样绑了几小时。

它试图逃跑的时候被那狼不狼狐不狐的人类奴隶闻到了味道，在爬过最后一道障碍之前。要不是农夫忘记给那只动物套上铁链系在它的窝边，它就逃掉了！

过了几分钟，一滴雨打在灿的脸上，浸湿了它的脸庞，顺着脸颊往下滴，惊醒了早已昏昏欲睡的灿。

它睁大眼睛瞪着天幕，好像在发泄万丈怒火一般。

此时，亚马孙的另一边，它曾经的家园——亚马孙丛林却是阳光明媚。

一束阳光，透过叶缝洒下，仿佛打开了雨林往常的热闹和喧嚣，驱走了泥石流带来的寒冷，吹走了漫漫长夜镶嵌在蝶心里的害怕与孤独。

幸好还有它的难友——泥石流肆虐的时候，它搭救的一只江豚。

泥石流把雨林表层的许多土壤冲到下游，看不见陆地了，随之而来的是洪水，洪水把一切都淹没了。因此，它们四周连一个露出水面的小土坡都找不到。

所有陆地都搁浅在洪水和泥石流的袭击下，意味着它们要一直漂流下去，漂流下去。

陆地在哪里？

中午的时候，蝶饿了，就从木头上咕咚一声跳下去，潜入水里寻找食物。可是一望无垠、浑浊的水域哪有什么食物？

过了一会儿，眼尖的它突然发现自己尾巴那儿有一条肥壮的鱼穿了过去，消失在一棵大树底。

蝶眼前一亮，像离弦之箭一样冲向了猎物消失的树根处。

一场绝妙的、猎手与猎物之间的追逐开始了。

那条鱼发现了逐渐逼近的蝶，鱼突然刹住脚，向左边一处水草丰美的地方逃去。

蝶紧追不舍，绕过一根树枝，又推开一块青龙石，已经逐渐靠近那条拼命逃命的鱼了。

蝶看准那条鱼的尾巴，一口咬下去……

/ 第五章 /

冰冷的“森林”

在村庄里待了几天后，那个年轻的农民把灿提了起来，装进了背篼。

原来，他们要出发去城市购买种子，也要把灿交给它的新主人了。

年轻的农民携带着装着灿的背篼以及一些贴身的物品，就坐上了一辆牛车。

跟老农民寒暄了一会儿，年轻的农民就抓着鞭子，向牛身上一抽。牛长哞一声，牛车缓缓向前行进。

那条“二不像”也紧随着牛车，“汪汪”大叫起来。

牛车很颠簸，摇晃得灿简直要把农民喂自己的食物吐出来了。

约莫有两小时，灿进到城区来了。

它觉得有点恐怖，但好奇心占了上风，于是，把脑袋从口袋里伸出来了。

总体来说，它认为人类的城市很吵闹。

一辆辆闪着红光的野兽呼啸而过；一棵棵挺拔而又光秃秃的树环

绕四周；一个个只有两条腿的生物谈笑风生……

牛车走了一段路，才停下来。

紧接着，灿被那个年轻的农民提着，往一个地方走去。

灿好不容易从扎得比较紧的口袋里伸出脑袋来，定睛一看，年轻农民已经走进一家人类的店铺，店铺正上方挂着“七彩宠物馆”的牌匾。

走进店铺，只见四四方方的水族箱或笼子里有各种各样的动物。

门口的一个蓝色笼子里，一只肥肥胖胖的白猫懒洋洋地盯着灿；往左侧看，有一对珍珠鸟在那里缠缠绵绵地厮守在一起；再进一步，一个模仿沼泽地的大方缸里看似平安无事，可灿敏锐的眼睛发现一丛芦苇下有一只虎视眈眈、随时准备攻击猎物的鳄鱼；再往左看，一个用杉木做的小箱子里三只陆龟仔正缓慢地爬动；最里面，一个长满空气凤梨、苔藓及各种雨林植物的水陆缸下，一个正聚精会神地拿着夹子喂红螯相手蟹的年轻男人，不不，以他这个年龄，是不应该称为男人的，他其实只是一个稚嫩的大男孩。

年轻的农民叫道：“表弟，我给你送了只乌龟来啦！”

大男孩抬起头，惊讶地说道：“表哥呀，谢谢，你怎么不提前说一声呢？我这边没有空缸子呀！”

沉思了一会儿，他抬头跟表哥说：“这样吧，最近我一直在考虑后面那个水陆缸里的动物是不是太少了点儿——喏，接近五十厘米长的缸里太空旷了，只住了一只雨蛙……好吧，表哥帮我把它放进去吧，正好也给小雨蛙做个伴！”

年轻的农民旋开缸盖，轻轻地把灿放到了缸里。

那只雨林里最为常见的红眼树蛙见状，好奇地凑了过来，礼貌地和灿打了个招呼。

/ 第六章 /

雨蛙和乌龟：从恶到善的心境

清晨，灿还睡眼蒙眬地窝在一个石窟里的时候，雨蛙的声音就把它吵醒了。它十分气愤，揉揉眼睛，就爬出洞穴，怒目圆睁，盯着那只在上面肆意妄为、自娱自乐的雨蛙。

雨蛙一会儿在秋海棠的卷叶上蹦蹦跳跳，一会儿在栖木上放声歌唱，一会儿又在背景石上舔舐晨露……

这让灿忍无可忍，但它并没有大动肝火，只是甩甩尾巴，就转身回石窟去了。

突然，一片绿草后，一个它从没注意过的东西，也是它从未见过的装置摇晃了几下，就哗哗地下起雨来了！

灿大吃一惊，它没想到这个人类创造的微缩版雨林还可以人工降雨！

要知道，灿最讨厌的就是下雨了。

下雨有什么好处？下雨前阴云密布、蜻蜓低飞、蚂蚁搬家，下雨时稀里哗啦、波涛汹涌、泥石滑坡、扰乱兽心，下雨后一片泥泞泽国、淹没巢穴……

总之，它认为下雨一点也不好。

但是那雨蛙倒是不亦乐乎，蹦来蹦去，迎接着雨点，贪婪地舔食着水珠。

灿可没有心情倾听雨水的叮咚声和哗啦声。它缩回洞穴，既生气又无聊地数着雨点——一滴，两滴，三滴……

终究，它还是眯缝着眼睛，睡着了。

雨蛙好像也玩累了，停到一片看似粗壮的树叶上，俯下身子准备睡觉。

可是，玩得昏头昏脑的雨蛙忘了那是一棵枯树。

只听“咔嚓”一声，像是人类的捕兽夹从隐蔽的地方弹出来死命拽着动物的骨骼，并在下一秒夹碎动物骨骼的声音一般。

那树干先是左右摇晃两下，发出刺耳的声音，然后彻底倒在水缸底部，将雨蛙摔出十几厘米远。

灿被惊醒了。

这次，它勃然大怒，从洞穴里弹起来，四肢并用以最快的速度冲到发出声响的地方。

这时，灿发现，雨蛙就那样静静地躺在那里，没有动，也没有发出声音，好像没有了生命一样。但是，生活经验告诉它，雨蛙只是摔晕了，并没有死。

灿刚开始还怒气冲冲：“哼，它就是活该，胆敢吵扰我睡觉！而且，它不是喜欢雨吗？就让它一直待在这儿吧！”

可是灿又摇摇头：“算了，不计较了，把它送回洞穴吧。”

可灿费尽力气也没有把雨蛙弄到它的背上去——它的背又光又滑，雨蛙就是醒着也爬不上去。

于是，灿想到了一个办法：先用头顶着它到水边，把它放在石头上，再用爪子把它拽下来，让它落到自己的背上。

这么折腾几下后，灿的计划成功了。

灿小心翼翼地，尽量平稳地往上爬，想把它安全地运上岸，可虽说雨已经停了，但连续一小时的雨让到处都滑溜溜的，真是让龟寸步难行。

突然，灿的一只脚陷在了一片又湿又滑的土里，这让它大吃一惊，摇摇晃晃几下后，就摔倒了，同时也不小心把雨蛙摔出去了。

可灿还是找到了解决方法——它爬到一棵丁香树前，扒了一片树皮下来，把雨蛙顶上去，就推着它吃力地向前走着，走着。

折腾了好一阵子，灿终于把雨蛙放到了乌龟洞里。

这个乌龟洞与灿从前在野外住过的乌龟洞十分相似——一块拱桥形的石头下有一块露出水面几厘米的石板。本来，这块只容得下灿自己的石板是它用来当跳水板的，但是雨蛙又应该放到什么位置呢?

雨蛙昏迷了很久，这让热心肠的灿在自己的窝里都要小心翼翼的，时时都得跟做贼似的潜入水底。

一天，灿从晒背石下钻进洞穴，正要跳进水里时，一旁一直没有苏醒的雨蛙的腿抽搐了一下，睁开了眼睛。

它略微有些吃力地站了起来，对着灿微笑着致意。

灿从它的眼神中看出，它又多了一个新朋友。

/第七章/

丛林的决战

这个夜晚静谧极了，听不见任何声响，宠物店里的动物们都静静地休息了。

灿无聊极了，仰起头，想要仰望星空，可是，它只能看见门缝里透过的一束月光，而从心中抒发自己对大自然的渴望。

雨蛙不知道在哪一棵树上睡着了，正发出甜甜的鼾声。

过了一会儿，月光不知道从哪里吃力地钻了进来，映照在宠物店里。

灿也迷迷糊糊地睡着了。

忽然，门口坚硬的锁被打开了，又被人轻轻地放在墙角旁。

而宠物店里的所有动物都对此浑然不觉。

那人，是一个警方追捕了很久的，穷凶极恶、一无所有的惯偷。

那贼蹑手蹑脚地跨过那只四仰八叉躺在地上的大白猫与一缸金鱼后，被一个空花盆绊了一下，摇摇晃晃地险些撞在鳄鱼缸上，差点把那凶暴的鳄鱼弄醒。

但这一下，把灿给弄醒了。

它十分恐惧，恐惧这个不速之客，这是随时可能掌控自己命运的人。

但是，贼仿佛没看见这些动物似的，直奔钱柜。

他掏出了一把小刀，开始撬柜门。

这时，房门吱呀一声打开了，一个睡眼惺忪的人走了出来——是宠物店老板。

贼还没有来得及躲藏，就被宠物店老板发现了。老板从惊愕中回过神来，抄起一根球棍，说："啊，你是谁？"

贼左躲右闪，顺着柜子向外跑。

但是，他逃跑时，出于一种盗贼的职业习惯，顺手拔掉水陆缸的插头，抱起了灿与雨蛙所在的水陆缸，飞一般地逃出了店铺。

"可恶，偷我最得意的水陆缸！"

远远地，灿听见宠物店老板气得哇哇大叫。

但这个时候，贼不知道，在远处，他的必经之路上，有人正等着他。

他跨上了一辆摩托车，向一条山路开去。

开了一会儿，到了一个特别狭窄的地方。贼下了车，推着摩托车走。山路很滑，被拴在摩托车后座的水陆缸也摇摇晃晃的，几次差点碰碎。

突然，山崖上飞下一个身影，直奔摩托车而去！那贼措手不及，被扑倒在地。

扑上去的便衣警察按住了贼，掏出一副手铐，想要扣住贼。

这时，贼突然掏出一把尖刀，猛地向警察刺去！

警察躲开，但还是被刀子擦破了皮。这时候，那贼躲开了忍痛扑上来的警察，向前逃去。警察也不甘示弱，追了上去。

可是，谁也没有注意到，侧翻过来的摩托车后座，那个水陆缸斜倒下去，给了两只动物可乘之机。

灿叫上被这突如其来的变故吵醒的雨蛙，一并爬了出来，消失在野草之中。

/ 第八章 /

决战，以弱胜强

一棵大王椰子树的树干上，几滴豆子大的晨露滚落下来，浸润在湿润的泥土里。

从一颗晶莹剔透的、即将落入地面的水滴中，一双眼睛由远及近地放大，并伸长了自己厚重的铠甲与四条短而粗的腿好奇地看着这水滴悄无声息地准备钻入地面。

水滴正要钻入地面的一瞬间，有一个湿漉漉的长舌头从灿的右后方伸过来，准确无误地抓住了水滴，并把它收入口中。紧接着，一道绿色的倩影划过，跳到了灿的背上，发出一声愉悦的蛙鸣。

这时，远处的丛林发出细微的声响，那声响越来越大，恐惧也随着这声响牢牢捉住了它们的心灵，它们俩竟然吓得一动也不敢动！

因为，这独特的，代表着黑暗与死亡的声响是多年盘踞在丛林里，神出鬼没的蟒蛇独有的声音。

不知何时，那暗红色的舌头伴随着声声杀戮的狂热，在灿和雨蛙的前面展开后，它的眼睛骨碌碌地转了两下，准备发起进攻。

灿反应了过来，遏制了恐惧，向蟒蛇冲去，张大它那岁月磨砺的、无比锋利的利爪、唇齿。

蟒蛇见状，像弹簧刀一般伸出它的利齿，向灿刺去。

雨蛙也醒悟了，甩甩脑袋，爬上附近的一株植物，向蟒蛇射出几滴黏液，想黏住蟒蛇。

这时，蟒蛇已经被灿扎伤了好几道口子，正怒不可遏地向灿发动着进攻。

过了几招，灿看见蟒蛇的利齿向它的眼睛袭来，忙向一旁躲去，却不知道蟒蛇这一招是假动作，它的尾巴在那儿恭候多时了，灿一躲开，就被蟒蛇尾巴缠得死死的了。

可灿，还拼尽全力用牙齿死死咬住蟒蛇的血肉之躯！

灿，即将在这里，谱写它生命中的绝唱！

这时，一个同灿一样翠绿、同样美丽的身影从蟒蛇背后袭来，对蟒蛇发动了一次孤注一掷的袭击。

顿时，被救者眼前是因刺痛而放“手”的魔鬼，耳边是一声恶魔的呻吟。

灿久违的妻子——蝶——掉在旁边的小河里，溅起一朵朵水花。

几个泡泡浮上来，便是沉默，可怕的沉默。

灿顾不上去营救自己的妻子，它正忙着向蟒蛇发动反扑。

蟒蛇的一只眼睛已经被蝶撞瞎了，正睁着另一只眼睛怒火中烧地盯着灿，并甩起尾巴向灿袭来！

就在这一刻，雨蛙瞅准时机，在空中向蟒蛇大张的血盆大口喷吐出一道又一道的唾液。

这时，被救者眼前是一道不甘心如此败北的眼神，耳边是恶魔最后的一声叹息！

蝶也努力挣脱了水草的束缚，从水里爬了出来。

激战之后，灿用一种奇异的目光望着雨蛙，说：“你……你难道是……”

雨蛙笑了，道：“没错，我是一只货真价实的箭毒蛙！只不过是一只外形像雨蛙的箭毒蛙罢了。”

这时，灿的余光终于看见了刚从水里吃力地爬上来的蝶，忙迎上去。

它们对视一会儿，眼里泛着激动的泪水，紧紧地拥抱在一起。

过了十几分钟，刚才灿、蝶与箭毒蛙和蟒蛇激战的地方只剩下了蟒蛇死不瞑目的尸体，正有一队队小虫在蚕食着落败的昔日霸主。

而三只伟大的动物呢？早已如烟般轻轻地离去，只留下它们的丰功伟绩。

/ 第九章 /

寻觅家园

三只动物很快就来到一条更大的河的岸边，那里是蝶与那只被蝶救过的江豚约定好的地方。很快，它们跨上江豚宽阔的背脊，渐行渐远。

它们的家，离里约热内卢很远，就算有“交通工具”江豚的帮助也需要一天左右的时间才能到达。

过了半小时，箭毒蛙已经在江豚宽大的背脊上呼呼大睡，蝶也眯缝着困乏的眼睛即将入睡，只有灿无聊地看着江面，发出一声无聊的赞叹：“哇，好大的鱼啊。”

两三小时后，一直阴沉着脸的天终于下雨了，江面波涛汹涌，把一行“人”颠簸得晕头转向，最不识水性的雨蛙还哇哇大吐起来。江豚坚持了一会儿后，也体力不支，不得不靠岸。灿与蝶一起采摘了几片沉甸甸的叶子与树枝在一个江豚可以藏身的小水湾上撑了起来，以便遮雨。

第二天，雨过天晴，阳光钻出云层，向大地展开笑颜。旅行者们又向着目标前进，共同踏上回家的路。

过了一会儿，值班的箭毒蛙发现天空中出现一个小黑点，在随着它们缓慢地飘动，对此，箭毒蛙不以为然。

可是，那黑点逐渐放大，箭毒蛙再定睛一看，竟然是一只凶猛的鹰！

它急忙跳到江豚头上，大喊："快跑呀！老鹰来了！"

江豚会意，瞅准另一条通向丛林深处的小溪流，扎了进去！

老鹰紧追不舍，几次差点扑到江豚或者江豚背上的旅行者。

箭毒蛙突然发现了什么，跟江豚耳语几句，江豚明白了，向着一棵大树奋力游去！

接着，江豚再往左边一闪，落入了前方的河道。而老鹰猝不及防，被撞了个眼冒金星，跌落在地。

这时，灿发现江豚的左前方有一个暗洞。灿不知道为什么这里会有一个洞，于是便滑下江豚的背脊，向洞口游去。

那个暗洞有点像它们原来的家园，但是对于附近的环境，它们毫不知情。

灿试探地向里面发出几声怒吼。

这时，几群鱼惊慌失措地游出来，铺天盖地地席卷了河道，眨眼间，又消失得无影无踪，只剩下被搅起的泥沙弥漫在旅行者中间。

灿定睛一看，那是一个宽阔而又温暖的洞穴，已经张开双臂拥抱着它们。

/ 第十章 /

无与伦比的大风暴

天黑漆漆的，成片成片的乌云卷走了仅剩的几颗星星，时隐时现的电闪雷鸣更让人心惊胆战。

远处，仿佛有几声在雨幕中惊慌失措的斑鸠叫声。

紧接着，一束令人睁不开眼的闪电从乌云的深处迸发出来！那一刻，世界仿佛停息，所有生灵都不再抛头露面。随着一声巨响，堪比人类炸弹的冲击波抽打着丛林，炸得空气战栗，落叶狂舞，惊得飞鸟落尽，野兽绝迹！

此时，几片杂草下的一个洞穴中，有四双因恐惧而瑟瑟发抖的眼睛正死死地盯着外面的风雨雷电。

忽然，随着几声鸣叫，几片宽大的树叶砸了下来，紧接着，什么东西“吱呀吱呀”地怒吼咆哮着，一棵粗壮的槐树在空中旋转了几下后，就直挺挺地倒了下来，刚好堵住了洞穴的出口……

“吱呀，吱呀”，被这棵粗壮的槐树困在洞穴里的灿一行“人”正在一层层地拽开槐树的细枝。

过了一会儿，灿一脚踢开一根最坚硬的树枝，顿时，掺杂着昨夜暴雨的河水涌了进来。灿见状，摇了摇头，向后退两步，猛地冲了过去！它身上背着因呛水而昏厥过去的箭毒蛙。

它抓着斜上方洞口的泥土，一步一步艰难地向上爬，紧随着它的是它的爱侣，江豚顶在蝶的身后，甩动着尾巴，摆动着自己沉重的身躯。

灿划动双手，浮出了水面，紧接着，它的伙伴们也一个个地浮了上来。

它回头望了望被淹没的洞穴，向前行去。

过了一会儿，在一片遍布着树根与泥沙的杨树林中，灿一行正在前进着。

灿打头阵，用锋利的牙齿和尖锐的脚爪划开挡道的各种障碍物，江豚则在它后面费力地向前挤，它的背上，是水性极差的箭毒蛙和精疲力竭的蝶。

突然，灿警觉地向后一闪，靠在了一棵树后面，江豚见状，也赶快躲到灿的背后。

是一群人类。

灿趁他们不注意，翻过了几根树枝，向他们靠过去。

它看见那些人手里正拿着一台闪着红点的仪器，一边寻找着什么一边讨论着。

这时，灿眼前忽然出现了一只被泥土染得漆黑的靴子！它连忙趴下，祈祷着自己不要被发现。

还好，他们的目标并不是灿，那个人四处看了看就换地方继续搜寻了。

灿见他转身，才逃回三个同伴所在的地方。

灿带着同伴们悄悄地离开了这里。

当天晚上，灿与同伴们在一大片乱草的遮掩下，讨论着今天的事。

一会儿，远处闪起熊熊燃烧的火焰，那群人类又来了。

三番五次，每次都是刚刚安顿下来就又被火光“叫醒”。

它们东躲西藏，灿终于瞅见了一个十分隐蔽、入口十分狭小的山洞。于是，它试探着向洞里叫了几声，洞里没有任何声音回应，只有它自己的声音在回荡着。于是，灿钻了进去。它发现洞口虽小，里面却别有洞天，别说是四只动物了，十只动物都容纳得下！

那些人类的声音在洞外晃悠了几圈，就渐渐消失了。

它们不知道，是洞内的地理环境使得人类的那台仪器——GPS定位系统——不起作用的。

但是它们都不知道这个原理，还庆幸躲过了人类的搜查。

/第十一章/

好友分别

第二天，箭毒蛙才刚刚起床，吮吸了几口露水，就随伙伴继续前行。

江豚带着箭毒蛙在河里游进，而两只乌龟在陆地上行走。

那河道蜿蜒流淌，向前延绵了数十米，随后便消失在了它们的视线中。

忽然，灿看见一株形状很奇异的植物生长在它头顶两三米高的石头上。

灿停下了脚步，心里不禁嘀咕着：我以前怎么没有见过这种植物呢？好像为了印证它的疑问，这株奇形怪状的植物突然晃动了一下！

灿不禁被吓得往后退了两步。

灿看见那株奇怪的植物忽然没有任何反应，胆子就大了起来，向前走过去。这时，箭毒蛙和江豚都已经游到前面去了。

只有蝶在灿视线所及的地方。

忽然，灿腿一软，被一根藤蔓什么的绊倒在地，它刚想站起来，却又在湿滑的青苔上滑了一跤，踉踉跄跄地向前走了几步。

灿脚下一软——因为它身前身后，是呼啸着的风，而它脚下，却是隐隐约约能看到底的悬崖！

灿像石头一样落下去，只留下了隐隐约约的呼啸声。

本来，灿落下去时，没有任何鸟兽注意，可是，它差不多掉落了七八米的时候，也就是快要到底的时候，它坚硬的躯壳撞落了几块山石。那山石随着它一起落下，可又有一块先它一步落地，发出清脆的响声。

这被本来马上要爬到前面的蝶听见了，它一怔，立刻就向那个方向跑去。

蝶看见了深不可测的悬崖。一瞬间，它就明白发生什么事了，伤心欲绝地昏厥过去，落下悬崖。

过了一会儿，一切归于平静。

悬崖的底部，只剩下两个乌龟壳摆在一堆碎石之间。

与此同时，已在前面的江豚回头一看，却不见了灿与蝶，它不禁很疑惑，疑惑它们为什么还没到。等了一会儿，它俩实在忍不住了，就往回游去。

可是箭毒蛙刚刚回眸，就看见天上飞下来一株奇形怪状的植物，随后，就什么也看不清了，它只知道，它们被抓住了。

这时，那株奇形怪状的植物被扔进了背包，背包人轻松地抖落全身的草灰："终于抓住了，这家伙，真能逃！"

他走到溪水边，往袋子里灌满水后，就带着那个袋子，向反方向走去，与大部队会合。

/ 第十二章 /

初识小男孩

也不知道是什么时候，灿缓缓睁开了眼睛，它身边，是同样虚弱地眯着眼睛的蝶。

它的眼睛又合上了，没有力气再睁开。它听见越来越重、越来越近的脚步声和几个稚嫩而又朝气蓬勃的人类的说话声。

然后，它被一双手托了起来，小心地放在一个盒子里，并把它与蝶的盒子并排。那双手端着两个盒子，离开这里。

过了一会儿，灿刚一睁眼，映入眼帘的就是一双眸子，深邃如黑曜岩，光亮如金刚菩提子。

是一个小男孩的眼睛。

两天后，小男孩把帐篷给收起来，放进他的背包里，而把装着两只乌龟的盒子托在他的手心里。

远远地，灿看见远处的人类陆续不断被一只长方形的、长有四个圆形脚爪的“动物”吞进嘴里。

这时，小男孩突然想起了什么，撒腿向身后跑去。

他一鼓作气地跑到一个地方，把一样东西装进了他的口袋里。

他向回跑去。由于他跑得太快了，灿与蝶都没有看清楚他到底到哪儿、拿的什么东西。

灿在远处看着那只动物“两眼”发出寒光，发出震耳欲聋的轰鸣。

他跑上了车子，坐在一个和他年纪相仿的男孩身边。

小男孩和他旁边那个应该是他朋友的男孩的肤色与其他人都不一样。

灿逐渐从被动物吞进肚子里的恐惧中缓过神来。

动物缓缓地向前，随后便越来越快，把曾经的营地抛在身后。

蝶突然问灿：“我们要去哪儿呀？”

可灿又怎么知道呢？但愿是个好结局吧。

过了很久，它们都闭上了双眼，开始休息。

小男孩也睡着了，却把盒子紧紧地抓在手里。

也不知道过了多久，突然传来一阵轻轻的敲击声：“醒一醒，到机场了！”

灿睁开了眼睛，看见一个十分嘈杂、十分喧闹的地方。

有许多“蓝色皮肤”的人正在与人交谈着，或者检查几张纸片，或者搬运着一些人类的用品。

到了关键的地方，小男孩忽然对它们做了个安静的手势。

灿与蝶正纳闷的时候，小男孩已经迅速地把它们装进了一个袋子里。

两个小男孩很忐忑如何让小乌龟平安过安检。小男孩的朋友不断在脑海里想了很多怪招。譬如，用爆竹引开安检员的注意，偷偷把乌龟带过去；两个小男孩交替掩护，传送乌龟过安检；偷带打火机等违禁物品，乘乱混过安检；等等。

他们俩烦躁地摸索着口袋，寻找一切让乌龟过安检的工具。忽然，小男孩神秘地一笑，找到了两个有漏洞的塑料袋，分别把它们塞了进去，放进衣服的贴身口袋里，居然，就这样侥幸通过了安检员的检查。

他们俩开心极了。

他们坐进比前面那只长很多倍，看着像是一只巨鸟的人类工具里。

一个声音甜美的人类正在说话，应该是在提醒人类需要注意什么。

灿与蝶说出想法后，会心一笑。因为，小男孩听见后就把很多东西该开的开、该关的关了。

令灿与蝶意外的是这人类工具速度很慢，还没有比这小几百倍的家伙快呢！

它很疑惑，疑惑为什么这么大的东西反而这么慢。

就在这时，意想不到的事情发生了——人类工具以非常快的速度飞驰了起来！顿时，灿什么也看不清了。

两只乌龟都紧紧地抓着对方的爪子，紧闭双眼，祈祷着快点结束。

/第十三章/

“大鸟”上的旅行

最惊讶的事情发生了——这个机器左右微微地摇晃了几下后，也就是灿与蝶刚刚从盒里伸出头的时候，这人类工具飞起来了！

仿佛是为了实现它们的心愿，小男孩把盒子的包装撕开一部分，也就是刚好能够让它俩清楚地看到窗外的风景——实在是太漂亮了，是它俩从来没见过的世界，甚至是它俩从来没相信过的，也就是凌驾于所有树木所有人类建筑的地方，傲视苍穹。

过了一会儿，风景变得稍微单一起来，在它俩眼前都只剩下了千篇一律的房子时，它俩放松了心情，闭上了眼睛。

大概又过了三十分钟后，一道金光炙烤着飞机的透明部分，灿与蝶好奇地望过去。天哪，下面是一片片蓝色与白色交织的田地吗？这绝对是灿与蝶的生命中最难忘的瞬间之一——如果先前的风景是漂亮的话，那不管是乌龟，还是人类的语言都无法形容这般美景了！

灿有些饿了，它看着蝶，蝶也用同样的眼神看着它，问：“灿，你有吃的吗？我快要饿死了！”

灿抱歉地摇了摇头。

这时，有一辆小车被人推了过来，紧接着是一阵轻微的嘈杂声，随即，一道灿与蝶有生之年从没有见过，哦不，连闻也没有闻过的美味珍馐被送来了！

它俩都忍不住了，异“爪”同声地抓挠起盒子来，祈求着小男孩给它们一点。

小男孩善解人意地笑了，偷偷地把它俩捧在手心，接着，从香味的来源——一张闪闪发光的纸包裹着的肉类美食——中拿出了一大块鲜嫩多汁的肉，顺着肉的纹理和呼之欲出的肉汁分成两半，分别喂到了灿与蝶的嘴里。

啊，天哪，这太美味了！饱餐一顿后，它们依偎着睡了。

不知道睡了多久，蝶突然醒了，它把灿叫醒，问道：“我说，还要走多久啊？什么时候才能到小男孩的家呀？”

不知道按人类的算法来算，过了多久了，反正，按动物的算法来看，小男孩的家就算在另一颗星球也应该到了吧！

小男孩与他的朋友正熟睡着，它们只看见窗外闪烁的月亮银灰色的光芒倾泻在人类工具上。

灿与蝶索性什么也不管，就在那儿呼呼大睡。

过了一会儿，睡梦中的它们有些感受到了，这人类工具已不在万里高空，而是停泊在人类为它修建的“鱼缸”。

灿叫起来：“快起来，快起来了。”

蝶很不乐意灿这么大声叫嚷：“什么事呀？”

它们两个同时看见窗外的风景——这里的风光与里约热内卢完全不一样，在这里的“鱼缸”上面，悬挂着的布上有几十颗星星被一些白色线条挤压在左上角，映着蓝色的背景，而在巴西，悬挂着的布上是一片草地上有一颗“橄榄核”，中间一个圆形的蓝色湖泊上洒满星星。

灿心里冒出了一连串疑问：为什么这里的风景与巴西都不一样？这是哪儿呀？为什么没来过这儿？而且，如果这里是小主人的家的话，为什么他不下去呢？

它看着蝶，发现蝶也在思考，它又在思考什么呢？灿有点晕。

三四小时后，随着又一阵轰鸣，那种会飞的人类工具冲天而起，离开了这里。

忽然，随着一声清脆的响声，天空中飘起了阵阵雨雾，稀里哗啦地冲刷着飞机。飞机上能看见外面的透明地方全是雨点，什么也看不见了。灿与蝶只好继续睡觉。

已经过去人类时间的整整一天了，雨已经在几小时前消失了，现在飞机下方是大海，是宽阔无边、荡漾着水波的大海。

东方的太阳在彩云的簇拥中缓缓上升，把中国龙的威严洒在这片大海，海水轻轻地附和着，熠熠生辉。

多么令人陶醉呀！

在飞行了相当长的一段时间后，灿与蝶隐隐约约地感到，旅行已经进入了尾声。

于是，灿与蝶一起睁大双眼。

它们看见了许多挺立的山脉在向下“飞去”。慢慢地，它们依稀看见山上万年不化的积雪中挺立着许多松树，再往下降，进入了一马平川的平原，农田就像一块块排列整齐的方格一样，满含生机的油菜花随风摇曳着。

树木渐渐地稀疏起来，取而代之的是一条又一条道路，上面的“钢铁猛兽”很多，十分拥挤。

它感觉得到，飞机正在快速地下降，它们的新家就要到了！

/ 第十四章 /

地球那边的新家

前方突然出现了一片整整齐齐的平地，跟前两个地方不一样，取代冰凉水泥跑道的是生机盎然的草坪。

飞机停稳了。一辆行李车跟在会伸出长长舷梯的车后开了过来，乘务员们打开舱门，欢迎旅客下次再来乘坐。“乘坐这个很有意思，对不对，小乌龟？”小男孩在把它们藏进口袋之前说。他们下了飞机。

灿与蝶看见一面旗子，那是一面鲜艳的旗帜，火红的背景上面闪烁着五颗金光灿灿的五角星。

“我们到了，这里漂亮吗？”灿与蝶不能回答，却急切地从心里说：“这里真不错，我们一定会有好日子的！”

出了机场，与他的朋友告别后，小男孩站在路边，仿佛在等待着什么。远方，有一只浑身漆黑的“钢铁猛兽”向他们开过来。等到开近了后，它的其中一只“眼”放了下来，露出一个显得很老练的刚强男人：“儿子，上车了！”小男孩很开心：“老爸，我想死你了！”

小男孩飞奔过去，拉开车门。车中，一个漂亮女人早已张开双手，给了小男孩一个有力的拥抱。

灿与蝶看到这一幕，不禁有点心酸，想起了自己的孩子们，想起了它们的命运。

小男孩突然抓起灿与蝶所在的箱子，问已经把“钢铁猛兽”停下来的男人和女人：“老爸，老妈，你们猜我带回来什么了？”

他爸爸问：“巴西的纪念品？”“不是。”他妈妈问：“是夏令营跟朋友的照片？”

小男孩请他俩闭上眼睛，就神秘地抽出箱子：“你们看！”

小男孩的爸爸妈妈睁大双眼惊讶道：“乌龟！”

不一会儿，那“钢铁猛兽”眼睛里射出的光芒熄灭了，轰鸣的身躯停下了。

小男孩打开出口，把盒子抱下车。

爬上几级台阶后，小男孩一家人带着灿与蝶坐进了一个可以上下升降的人类机器。它右上角的屏幕上显示着人类数字，当显示到“3”的时候，电梯停了下来，门也敞开了，眼前是向下延伸的楼梯。小男孩向左拐，灿与蝶看见，一扇铁门出现在视野前，中间用烫金篆刻着“301”这三个数字。

小男孩的母亲从挎包里掏出一根奇形怪状的“铁棍子”。

她把那根棍子插进铁门上的一个孔中，随后向左旋转，并按下一个按钮，打开了铁门。

顿时，它看见一个用大理石与玻璃打造的玄关，玄关上面摆放着一个陶罐，陶罐里插着像花一样的东西，里面还有几根藤蔓。

小男孩指着一张在明亮的吊灯下熠熠生辉的大理石圆桌说：“这是我家的餐桌，怎么样，漂亮吗？”

与此同时，灿对蝶说：“我听懂了，这里是他们一家人享用猎物的地方。”然后，小男孩走进一个房间，指着一张床说：“这是我爸爸和我妈妈睡觉的地方……”

这时，一粒灰尘落到蝶的头上，蝶感觉不是很舒服，使劲地挠挠头，可灰尘还是没掉下去，蝶生气地甩头，在缸壁上蹭了几下。

这个好笑的举动被小男孩看见了，他就停下了往另一片区域走的脚步，关切地问道：“你不舒服了吗？好吧，那你到菁那儿暂时安顿一下吧。”

说着，两只乌龟忽然就落在了冰凉的水里，并朦胧地看见一团正在向它们游过来的黑影。

/第十五章/

结交新朋友

灿见状大惊，连忙向后来了一个翻滚，疯狂地划水，逃命。

不知怎的，灿突然很惊讶，瞪着眼睛，懊恼地敲着缸壁：“吓死了，原来也是只乌龟呀！”

蝶很疑惑，再定睛一看，还真的是一只浑身漆黑，却有一双墨绿色眼睛的乌龟。

那黑乌龟友好地伸出爪子，说：“兄弟，你好，我在中国还没见过你们这种乌龟呢，请问你是什么种类呢？”

灿也着急了：“我还想问你呢，请问你是哪儿来的呀！”黑乌龟说：“我们中华草龟，在中国是最常见的一种龟呀！你怎么会没见过呢？”

灿挠挠头，很抱歉地说：“我没在亚马孙丛林里看见过你这种龟呀。”听了灿的话，黑乌龟突然睁大了眼睛跑到它侧面抚摸起它的龟壳来了！它有些不高兴了：“你在干吗呀？”黑乌龟用一种既羡慕又崇拜的眼神看着它说：“你知道吗，我多么渴望到亚马孙丛林里去探险呀！我刚出生没多久，一种野性的呼唤——探险就萦绕在我心头！我的小主人给我看漫画书上的亚马孙雨林，你不知道我第一次看到的反应吧？我就在想：我有生之年能够去一次就好了！那多美呀，动物们一定又美丽又可爱，对吧？”

灿用确定的眼神说：“是的，那里是世界上最美的地方——动物的天堂！”

灿突然想起了一个实际性的问题：“这里的生活好吗？”

黑乌龟点了点头：“这里的生活非常非常好！”

它继续说：“每天，八点的时候，小主人准会出现在水缸前面，抓起一个小盒子，把里面香喷喷的饲料放进水里！哎，真是好吃极了！”

黑乌龟陶醉地望着天花板，十分愉悦。

听了这段描述，灿有些饥饿感了。

说着，黑乌龟就带着灿与蝶在整个水缸里游览起来。

游览一圈下来，灿情不自禁地对黑乌龟说：“这里还是蛮不错的，哦，我还不知道怎么称呼你呢！”黑乌龟回答：“我的名字叫菁。”

两只爪子紧紧地握在了一起。

/ 第十六章 /

江豚的往事

在灿与蝶来到小男孩家里，认识了中华草龟菁的时候，远在半个地球之外的巴西，它的两个朋友——箭毒蛙和江豚，却被人紧紧地装在麻袋里，动弹不得。

箭毒蛙忽然问江豚："你知道这是哪儿吗？"江豚幽幽地回答："我也不知道，我只知道这些人都是来自科研所的。"

箭毒蛙"哦"了一声，忽然很疑惑："你怎么知道他们是科研所的人呢？"

江豚长叹一口气："罢了罢了，反正你我现在是朋友，总有一天，你会知道这件事。"

它缓缓地开口："五年前，我出生在一条偏僻的河流里，那里荒草萋萋，我的父母，我连它们长什么样子都不知道，它们在那里生下了我和我的兄弟姊妹。我出生的时候，就已经和三四个素未谋面的同类被装在箱子里，运往人类的地方。没错，我就出现在人类的一艘渡轮上，一个不为人知的板条箱里。

“我甚至对森林里所有的野兽都是一无所知的，只知道，我稍稍记事的时候，就在人类最喧闹的地方，那里，动物的生命都是被人随意践踏的。那里的商贩，都是凶神恶煞的，他们售卖可以随意杀死的动物，甚至还从事人类法律所禁止的杀戮。直到有一天，在我被一个人丢在菜板上，那明晃晃的屠刀即将砍向我柔弱的身躯时，一些手持人类武器的好人，从屠刀下挽救了我和无数即将被杀死的动物。他们给我们吃的，并且把死去的动物火化了，让它们的灵魂飘向天堂。直到，一些穿白大褂的人领走了我，本来还有我的同伴的，但是，它们都在几天前被杀死了。可惜，它们并没有等到这一天，甚至没有来得及被火化——那可是动物们最体面的死法，而是，供人果腹，尸骨无存！

“我被带到一个大水池里，那里有着柔软的细沙，飘逸的水草，多美丽呀，可惜，只有我孤身一人，没有同伴。人类每天给我喂食最鲜嫩、最美味的食物。

“直到有一天，人类喂了我最后一顿香喷喷的饭，在我背上装了一个微小的、发着红光的仪器后，就把我轻轻地放到河里。

“我顿时一阵狂喜，因为，我终于能近距离接触美丽的大自然了。正在我陶醉的时候，我背后出现了一条鳄鱼！它大张着嘴巴来咬我，并把我当成一道可口的小点心。我吓坏了，毕竟，我从没见过如鳄鱼这般可怕的生物。

“我拼命地跑，拼命地逃，终于摆脱那张血盆大口。我继续向前走，饿了，这才发现，我根本不会狩猎，费尽心思、费尽力气去追逐也追逐不到。渴了，才发现自己根本找不到水源，而河水，则污浊不堪。

“我忍着饥饿向前，希望能发现其他动物留下来的储藏起来的食物。

“忽然，我被一群群奔跑的动物撞倒，等我跑到旁边，看后面发生了什么事时，才惊讶地发现，泥石流来了。

“我这才反应过来，赶紧与其他动物一起向前逃命，但是，在大自然发怒的时候，谁也不能阻挡。在我就要被泥石流吞没的时候，一截枯木漂了过来，我欣慰地爬上去，才发现是一只乌龟故意把枯木推过来的，它想救我。

“我抓住枯木，随它一起向下游漂去。

“它的名字，叫作蝶。

“兄弟，我不必往下说了吧，之后的事我们都是一起经历的。”

说完，江豚意味深长地看了箭毒蛙一眼。

还没等箭毒蛙回复，它们就被装上了一辆汽车。

车门重重地关闭了。

兄弟，想起来了吗？那蛙就是你呀！我们就是这样相识的。

车子发动起来，随着发动机低沉的轰鸣，两个生死之交的朋友紧紧地拥抱在一起。

/第十七章/

水缸探秘

此时，中国，在明亮舒适的灯光照耀下，三只乌龟在水缸里开心地抢食，喂食它们的是它们的小主人——两天前带它们从巴西到中国的那个小男孩。此刻他正看着它们，心情非常愉悦。

过了一会儿，客厅的灯熄了，水陆缸的灯也关了，四处一片漆黑。

菁拍拍灿的背脊，说："走，咱们到洞里去休息吧！"

灿疑惑地问："整个水缸分明就是一片生长着许多植物的沙滩，小岛上还生长着几株植物，哪来的洞穴？"

菁不吭声，走到那棵高大的红树左前方，用力地推动着什么。随着它努力推动的步伐，那石头被它推开了，几秒之前那石头矗立的地方，露出了另一块更为巨大的石头。它们游了进去。接着，菁背靠着墙壁，看着水向坡下流淌，等水流干后，菁顺着岩缝爬到顶上，拉下一块石头，露出了一块干净的扎满小眼儿的海带，顿时，许多经过岩壁过滤的山泉水给三只乌龟洗了一个舒服的淋浴。然后，菁让它们用几块绵柔舒适的海藻擦拭干净身体，就打开了身后的那扇石门，顿时，石门后呈现出一个美观又温暖的，铺着舒适的细沙和干草垫的洞穴。洞穴很大，可以容纳大概五只乌龟！

菁对它们说："这个洞穴，原本只有我知道，它也是我的安乐窝，但是你们来了，成了我最好的朋友，我当然愿意和你们分享我的安乐窝喽！"

灿与蝶进去后，菁就把石门推回原位。灿这时才发现，里面简直太漂亮、太温馨了！

几株生长在红树底部一根突出的枝丫上的荧光蘑菇照耀着一张小小的石桌和四张小小的椅子。左边，是一截腐朽的木头，里面装满了各种各样的食物，看得龟馋涎欲滴；右边，是用几块珊瑚挡住的厕所；最前面，有四个格子，一个格子能容下一只乌龟，格子里还铺满了柔软的海藻，格子的墙壁上也生长着小小的荧光蘑菇，睡觉时只要拉动一根海苔，就会有东西挡住它。

那荧光蘑菇甚至还会微微地旋转，漂亮极了！

灿与蝶刚刚坐下，菁就从橱柜里翻出了两条鱼以及一块肉，上面撒满了乌龟饲料，下面铺垫着入口即化的海苔，被装在樱花木板里。紧接着，它又端出了三碗用果实外壳装着的水，里面不知道加入了什么，使这水非常甘甜。

酒足饭饱，灿和蝶出去散步，大概半小时后，再回到菁的家，菁就把它俩带到了卧室。卧室用厚厚的海苔挡住，大部分海苔用石头压住，但右边有一块独立的海苔没有被压住，那就是入口。入口前面的角落，有一张三角形的床，床下面有一个杂物柜。床上铺着粉红色的水草，那是蝶休息的角落。再往深处走，有两张几乎并排的床，更高一点的床，床上铺着翠绿的海苔，旁边摆放着一些私人用品，是菁睡觉的地方。而下面一点的床，床上铺着柔软的叶子，睡上去舒服极了，那是灿睡觉的地方。

灿躺在柔软舒适的床上，经过长途跋涉，深深的倦意袭来，它沉沉地睡去。

第二天一早，灿还未睁开迷迷糊糊的睡眼，就被菁轻轻地叫醒："你睡过头了！"灿打了一个大哈欠，爬了起来。

它抬头望了望红树根上的那个洞口，还是黑漆漆的，只有一点点亮光在努力地与黑暗做着抗争。灿不太高兴了，迷迷糊糊地问菁："干吗呀，这么早叫人起来？"还没等菁开口，蝶却抢先说："你去了就知道了。"灿很无奈，它两天前才从悬崖上摔下来，现在还浑身不舒服。它一天前才来到这里，盼望着睡个好觉，却这么早就被叫醒！可是，它怎么敢得罪它老婆呢？

它只好迈开沉重的步伐，跟随另外两只一点也不疲倦的乌龟。

出了洞穴后，外面竟然已经没有一丝黑暗了，鱼肚白从东方出现。再回头看看那个洞口，被密叶封住了！灿叹了口气："误会它们了，难怪有精神这么'早'起来。"

菁没有带它们游到水里，而是直接带领它们向那棵红树上方由许多石头和灌木丛组成的一座岛屿爬去。

爬到高处后，菁就与它们并排站在一个地方。那地方与旁边的青草有些格格不入，下面是两块光滑的木板，一直延伸到水里。灿纳闷了："它这是要干吗呀？"这时，菁叫灿坐下。这回轮到蝶了："我说，这到底是要干吗呀？"菁神秘地笑道："带你们玩个游戏。"说完，就用力把它俩推了下去！天哪，太刺激了！它们旁边的植物立马消失在身后，它们俩离水越来越近，以很快的速度滑了下去！灿突然觉得，这游戏太好玩、太有意思了！灿回头，看蝶带着惊恐又刺激的表情，它就不再犹豫，放开嗓子欢呼了起来！

它们落在冰凉舒适的水里，深情地拥抱在一起，然后一起向岸边游去。

爬上去后，见到菁，灿说：“太感谢了，我还从来不知道有这么好玩的游戏呢！”菁却说：“哎，这还不算什么，更好玩的还在后面，走，我带你们去吧！”

它们到达了小岛的另一面，映入灿与蝶眼帘的是一只停泊在水流非常湍急的小溪正中央，用一截掏成空心的木头制成的小木船。菁把其中一小块拿掉了，让灿与蝶坐了进去，又把它安装了回去。

灿与蝶戴上了两个由椰壳与细藤蔓制作的头盔，紧紧地戴在脑袋上。

菁说：“预备，出发！”

船被推动了，开始向下俯冲。等船到达顶点，可以朦胧地看见下面的河道时，灿才恐惧地发现，这不同于刚才它们玩的那个游戏，这是直线下垂的一座瀑布的边缘。

突然，船急速向下冲去，灿与蝶张大嘴巴，却发不出任何声音。它们惊慌地随着船身用力向左拐去，随后便向右……一阵剧烈的摇晃，它们纷纷喘着粗气，惊魂未定……整个过程非常惊险，好玩极了，虽说让龟头晕眼花。

这时，船突然又动了起来，在一块石头的边缘左右摇晃着寻找平衡点。一阵微风刮过，船失去了平衡，它竟然掉了下去，船头几乎垂直朝下！

它们吓得惊声尖叫。

也不知道过了多久，灿睁开眼睛，才发现船被几根坚韧的藤蔓缠住了，卡在岩壁中，没有向下坠了，再往上看，也没有掉落多远。

蝶也睁开眼睛，观察了一下附近的环境，忽然说：“你看，那是什么？”顺着蝶目光的方向，灿看到一条类似路的地方，正对着门。

灿打开门，发现上面垂下两根藤蔓。这藤蔓很奇怪，刚好可以缠住一只乌龟，就算滑下去，也很安全。藤蔓是卡在木质轨道上的，可以随着灿与蝶一起向前滑行。它们才发现，这是一条步道。它们在腰间缠上藤蔓，继续向前走。过了一会儿，它们的视线里就出现了等在那儿的菁。

新家的一天，真是开心又刺激的一天。

晚上，小主人喂完邻缸的红螯相手蟹后，就向水陆缸走来，拿着一盒香味四溢的乌龟饲料。

三只乌龟都张大嘴巴，等待着发下来的食物。却不料，它们被小主人抓住背甲，放进了另一个很小，没有任何装饰的盒子里。

饲料撒了下来。它们都争着向饲料游去，都想要吃更多的饲料。

不到两分钟，三只乌龟就风卷残云地解决掉了所有的饲料。它们还眼巴巴地望着小主人："还想吃！""什么，你们还要吃？好吃嘴！"小主人说。

新的饲料也在一分钟内被解决干净："吃这么快！还这么可怜巴巴地望着我，还想吃吗？"

听见小主人的话，它们用力地点了点头。

"天哪，如果继续喂食的话，肯定会把你们撑死的！"

小主人摇了摇头，把它们放回了水陆缸，就离开了这里。

它们失望地游回了洞穴。

/ 第十八章 /

宠物闹翻天

第二天，三只乌龟刚刚起床，在外面“晨游”时，小主人竟然把它们抓了上来，放进盒子里，又给它们喂食。灿疑惑地问菁：“不是每晚八点半准时喂食吗？为什么他这么早就把我们弄出来喂食？”

菁回答：“这你就不知道了吧！每次小主人要外出游玩的时候，他都会给宠物提前喂食的。”

果然，小主人背上双肩包，穿好鞋子，就和他父母一起走到外面，把门关上了。可是，菁大叫起来：“喂，回来呀！你还没把我们放回去！”但是他听不见，也听不懂。灿与蝶这才发现，小主人竟然忘了把它们放回水陆缸里去。

忽然，灿脑海里冒出了在亚马孙雨林中探险的生活经历，它马上有了一个念头：“为什么不借这个机会到小主人屋里去游览一番呢？”

它向蝶和菁阐述了这个念头。蝶因为很久没经历过探险了，显得很兴奋，十分赞同灿探险的想法。可是菁因为一直养尊处优，不敢去探险。

最终，灿还是把菁给说服了，菁说：“也对，既然我这么喜欢亚马孙丛林，那我就跟你们一起去吧，也算锻炼锻炼。”

于是，它们就从盒子里爬向它们从未去过的地方。

它们先是爬到了一个长长的、酒红色而十分绵软的地方——沙发上面，那儿很舒服，蝶甚至大发童心，在上面一边打滚一边前行。到了末端，它们爬在错落有致的人类“建筑”——收纳盒——上面，那“建筑”高矮错落有致，不一会儿它们就下到了地面。

它们又沿着一条窄窄的长廊——那是对于人类而言，对于它们来说是一条十分舒服的走道，不知什么时候，鱼饲料撒了一地。灿率先尝了一口，觉得不大好吃，不合乌龟的口味。

好不容易走过这条长廊，它们又向前爬去的时候，却听见了一声清脆的鸟叫声。

灿循着叫声望去，看见一只绿色的虎皮鹦鹉正在笼中飞翔，降落在一个漂亮的秋千上优哉游哉地荡着，一会儿啄食几口小米，一会儿又抖抖羽毛，放声歌唱。

它们凭借瘦小的身躯在房子里四处闯荡、四处玩耍，一路蹦蹦跳跳地跑进了只敞开一条缝的小主人的房间，它们都从缝隙处钻了进去。

一进门，就看见了一张漂亮的大床。上面摆放着很多盒子，应该是人类觉得弥足珍贵的东西。乌龟们看向学习桌上方，桌上摆放着一些东西——一盒鱼食和一个生态缸。缸里有两条鱼，菁对灿说，那是当地盛产的，有七彩颜色的原生鱼，也就是鳑鲏鱼。

它们本来想到种植了很多植物的地方去，却被坚硬透明的东西——落地窗——拦住了，它们只好往回走，想回到水陆缸里去。

可是，它们才发现水陆缸太高，它们爬不回去了！

它们退而求其次，想原路返回到盒子里，却发现桌子的高度阻挡了它们的路。

它们急得团团转，在这么炎热的天气下，没水喝很危险。本以为屋内其他地方有水喝，但它们已知的水源是已经被它们糟蹋过的小盒子里的水！怎么办？乌龟是两栖动物，它们一旦缺水，就会造成身体的损伤，哪儿有够它们三只乌龟喝的水呢？

这时，菁发现了小主人早上拖动鸟笼的时候洒下的一些水！

正在别的地方搜索水与食物的灿与蝶听见了菁欣喜的叫声，也加快速度，向这里拥来。三只乌龟都疯狂地抢夺着仅有的一摊水，不出一分钟，水已被喝得干干净净。

很快，夜幕降临了，它们还是回不去，一切在它们能够得着的地方的食物早就被吃干净了，它们害怕地挤在那个软软绵绵的地方旁边。天越来越黑，随着越来越弱的光芒，三只乌龟带着干渴和饥饿，渐渐睡去。

也不知道是什么时候，大概是第二天的下午，灿仿佛又回到了三四天前在巴西，它和爱侣蝶第一次见到小主人的时候，小主人看见它们飞奔而来，把三只乌龟轻轻地抓起来，放回了水陆缸，关切地望着它们，观察它们的状态，并祈求它们一切安康。

/第十九章/

又一次新旅程

灿迷迷糊糊地听见了一阵嘈杂声。

它睁开眼睛，发现菁与蝶都有点畏惧地看着外面，灿也望过去，发现它们到了一个站台，又要开始一段新的旅程。不过这回好像跟上回坐“巨鸟”有些不一样，原本应该摆放着飞机的地方什么都没有，再往下看，才能发现一截长长的，一直延伸到它们看不见的地方的轨道。而远处有一些像巨大的蚯蚓或者大蛇的人类工具。

不一会儿，随着一阵巨大的声音，小男孩与他父亲拖着两个行李箱背着双肩包向着人类工具的入口前进。他俩拿出了一张长方形的纸，给站口的人类看了看，就被放进去了。那类似蚯蚓的人类工具缓缓地行驶过来，小男孩他们上了“蚯蚓”，坐了下来。

“这又要去哪儿啊？”蝶问灿。

“我也不知道，但反正是个美妙的地方。”灿回答。

这人类工具发出一声轰鸣，向新的目的地驶去。

蝶与灿都变得更加老练了，经历了上一次旅行，它们懂得了要先保存体力，等休息好了再做自己想做的事情。旅途中，风景大多数都是相似的，看最漂亮的就行了。

可是，菁从来没有旅行过，它对一切都好奇，左看看右看看，想参与这个世界的风和景的共舞，显得十分陶醉。

大概过了半天后，三只龟已经吃过一次食物了。

那味道没有在“巨鸟”上吃到的好吃，蝶与灿边吃边玩，但是菁狼吞虎咽，几乎吃完了它面前的所有食物！

五六小时后，蝶与灿爬到盒子边缘，看着外面一片片农田，那里有各种各样的农作物，农民们正在田间耕地，劳动者之间有说有笑。

不一会儿，列车进入重庆市区，这座城市十分繁华，但是整座山城地势起伏不定，整座城市建立在山水之间，就好像地面被分成了好几层。那人类工具时而平稳，时而有些颠簸，蝶与灿开始庆幸没吃多少食物，因为菁早已在旁边哇哇大吐了。

过了一会儿，灿突然看见，人类工具的前方出现了一条十分宽阔、十分宏伟的大江，小主人很兴奋地在喊叫：“长江，长江！这是中国的母亲河。”

无数的江水奔腾而下，看起来，这条大江并不比亚马孙河短，一点也不比亚马孙河逊色，也是一条非常宏伟、非常壮观的大江。

这人类的工具速度十分快，没过多久，它们就已经跨过了这条大江。

不多久，它们又与这条大江见面了，顺江而下，时光飞逝。

不知道过了多久，三只乌龟不仅看见了这条大江，还看见了另一条稍小一点的江，在一望无垠的天空下，交织在这片大地上。

终于，它们看见一块石碑立在前方的森林里，上面写着“湖北省”。

道路两边的风景开始从怪石嶙峋的山崖或者一马平川的草地、农田变成了密密麻麻的森林，三只乌龟甚至还可以听见一些大型动物的叫声，鸟儿从森林里飞出来，松鼠一边看着它们一边啃着松果，上蹿下跳的猴子正在小溪流中戏水，十分欢愉的样子。

“嗯……来两杯高山云雾茶、一份土家腊肉、一份福宝山莼菜……再来一份土家油茶汤吧！”

在人类点餐时，小男孩这样对服务员说。

服务员转身离去后，小男孩看了看自己手中的小电脑，随后对三只乌龟说：“饿了吧，没事儿，吃的马上来！”

没过多久，热腾腾的食物就端了上来，小男孩向服务员要了杯白水，并把它倒进装着三只乌龟的水盆里，让乌龟们方便在水里觅食。

然后，小男孩再看了看桌上的菜，想起了什么，便从背包里掏出了乌龟饲料，点出了大约三十颗扔在水里，再把腊肉撕下来放进了另一个食盆，充当三只乌龟今天的午餐。

心情愉快，乌龟们很快就把饲料解决干净了，也喝了不少水，水没剩下多少了。只是那块腊肉，是乌龟们从来没见过的。胆大的灿上去试了试，觉得味道不是很好，有点怪怪的。它向另外两只乌龟描述了这食物奇怪的味道，蝶和青都没有动这块腊肉。

又过了两三小时，灿在睡梦中蒙蒙眬眬地听见小主人一边看着书一边自言自语：“岑参（约715—770），唐代边塞诗人，南阳人，太宗时功臣岑文本重孙，后徙居江陵……后两次从军边塞，先在安西节度使高仙芝幕府掌书记……”

灿和小主人对视了一下，小主人低头看着灿说：“岑参，岑，小而高的山。这是父母对我的希望，我要成为同学们中最突出的小山，怪不得我名字里有这个字……”

小男孩的父亲怜爱地看着他的儿子，目光充满慈爱和期望。

/第二十章/

科研所的新生活

与此同时，远在地球另一端的巴西，箭毒蛙被一双戴着手套的手轻轻地钳住，箭毒蛙知道，这是要把它放进适合它生活的地方，它挣扎了一下，就跟江豚道别了。过了一会儿，江豚也被另一双手抬了起来，放进了一个水池里。

江豚欢快地游动起来，舒适地翻滚着身体。

箭毒蛙被放进了一个大生态缸里，这个生态缸并不比三只乌龟在中国居住的那个缸小。这里面充满了各种雨林植物，空气凤梨和苔藓。它呼吸着带着泥炭味的空气，左蹦右跳，快乐无比。

不一会儿，它隐约地看见有东西在动，就跳过去，没想到竟然碰见了几只同样到处玩耍的各种颜色、各类品种的箭毒蛙。有了同伴，这里就变为新的天堂。

与此同时，江豚虽然没遇见同伴，却看见人工的河流旁边有一块亮晶晶的东西被埋没在泥沙中间。

没费多少劲就把那块漂亮的贝壳弄出来了，它却感觉有些似曾相识。因为它的母亲产卵的时候，有一颗细小的卵漂进了一块贝壳。后来，这颗卵就扎根在贝壳里，躲避了无数的天敌，最后，那块亮晶晶的贝壳就理所当然地“孵化”出了一条小小的江豚，也就是这个故事的主角。

当江豚被抄网网住的时候，那贝壳也被网了上来，后来江豚被带到市场，而贝壳则被一个商贩随手丢到了一堆作为水族箱装饰品贩卖的其他贝壳里。后来，科研组的人买了一些装饰品，这块贝壳就是其中之一，最终，贝壳被混到了泥沙里，掉在了河流的中央，这才有了刚才的一幕，江豚找到了出生的地方。

它喜极而泣。

/第二十一章/

玩笑时间

第二天，灿打了个大哈欠，从小主人为乌龟们准备的临时巢穴——椰壳——里面爬了出来。另外两只乌龟还在沉睡中，它左右望了望，突然萌生了一个念头：“从来都是我起得最晚，这下好了，看我等会儿怎么整你们。”

是的，灿准备和菁与蝶开个小玩笑。

灿找来一张黑色的海苔，粘贴在门口，以此来模仿黑夜，再从水缸的底部挖出了一些泥浆，用模型来模仿灿的形象，再小心地把做好的乌龟头给粘上去，又往里面粘上了绿草，来冒充它自己。

然后，灿就偷偷地躲到植物后面，在椰壳上面开了一个小洞观察洞那边的两只乌龟。

小主人没有发现，正拿着笔认真地在一张纸上画人类战士与敌人作战的场面，蝶与菁也没有发现，仍然打着呼噜说着梦话继续睡觉。

过了一会儿，列车将要到达中国中部最大的城市——武汉，就在这个时候，蝶醒了，它看了看外面“黑漆漆的天空”，自言自语道：

“哎，接着睡吧！”

直到列车再次经过这条大江时，小主人不小心把盒子碰到地上，灿觉得天翻地覆，菁与蝶也被外力撞醒了。椰壳倾覆了，洞口的黑海苔也不见了。

蝶被惊醒了，往外看去，正好看见在那儿偷偷笑的灿。

蝶火冒三丈，叫道：“嘿，你这臭家伙，站住！”

灿觉得不妙，赶紧向后跑去。跑了几圈，蝶精疲力竭了，灿还在后面吃力地爬着。

小主人把盒子捡起来的时候，它们才停止了打闹。

两只被整的乌龟站在灿的面前，心虚的灿表示了歉意。三只乌龟折腾够了，它们都接受了小主人的安抚，这才心满意足地继续它们的漫长旅途。

第二天中午，又到了午餐的时间，小主人请爸爸随便点了几样菜。很快，他们边吃饭边聊起旅途中的愉快事儿。

过了一会儿，小主人来给乌龟喂食，他从包里掏出一大块卤牛肉，撕碎放进小餐盘里，再倒上一些矿泉水。

一眨眼，小主人再看盒子的时候，水里的牛肉都不见了！

看见三只乌龟食量如此良好，长途旅行并没有影响它们的健康，小主人很高兴。

“怎么办啊！我只有一块卤牛肉！”

看见两只乌龟排列整齐地等待喂食，他只能再拿出另一小块肉，在他的饭碗里用清汤洗了洗，再放进乌龟们的餐盘里。

这块肉被从后面来的灿看见了，它猛扑上去，狼吞虎咽地吃了下去。

灿突然眼睛大睁，把餐盘里所有的水一下子喝光了！

原来，这是一块野山椒风味的牛肉，那可是人类的香辣味啊，辣味对人类来说不算什么，是一道美食，而对于乌龟来说这种辣的滋味就像一块锋利的刀片划过灿的喉咙，就像“灭顶之灾”一样沉重地压住了灿的行动力。

啊！好辣呀！

灿被辣得眼泪直流的时候，蝶和菁正在洞里一边偷偷地笑一边吃着鲜美的牛肉干呢。灿生气地想，它们偷偷地把食物调了包，把美味的牛肉干拿走了，慢慢地享受，而小主人那奇辣无比的牛肉却被我误食了！

等灿情绪慢慢平息下来，它很惊奇地发现，地上还有几块牛肉残渣。

它连忙奔了过去，赶快把残渣吞下去，真是美味啊，但灿还是饥肠辘辘。左顾右盼时，它发现在蝶和菁的身旁，居然还留着一块卤牛肉。

蝶和菁坐在黑海苔旁边，它们的目光很温暖。灿心里一下明白了，这是它们专门为自己留下的食物。它太饿了，把牛肉吃下去之后，灿对它的妻子蝶和好朋友菁说：“谢谢你们！”

它们的感情和友谊更加深厚了。

/ 第二十二章 /

小亚马孙

这时候，其他箭毒蛙带着初来乍到的箭毒蛙去游览漂亮的水陆缸。

有个地方生长着一棵高大的树，上面有用木板、树叶和树枝所建造的树屋。那树屋的旁边是一座陡峭悬崖，有十分美丽的黄色小花生长在岩缝里。

它攀上悬崖后，再从另一边的小溪滑下去，就是一片草地；经过草地，就是那小溪流汇合而成的湖泊。

箭毒蛙们成群结队，时而游泳，时而在岸边晒太阳，那人造太阳是人类的卤素灯，十分温暖。

这时候，列车靠近一座十分繁忙的站台，停了下来。

乌龟们睁大眼睛好奇地伸长了脖子，看着窗外的风景。小男孩提起盒子，随着他的父亲向车门处走去。

出了车厢，小男孩与他的父亲谈笑风生地穿行在人群中。走了大概二十分钟，他们又进了另外一个站台。

三只乌龟以为进去了就能看见一条“蚯蚓”和匆忙的人群，可看见的却是另外一条“长蛇”向地下蜿蜒。灿听爸爸对小男孩说：“小心，站在自动扶梯上不要踩黄线。”神奇的是，小男孩与父亲刚站上去，他们就自动向下而去，可他们只是站在那里，没有走动的样子。

到地下，他们又坐上了“蚯蚓”，小男孩说：“爸爸，这地铁和动车差不多，除了外貌不同，区别是动车在地上前进，而地铁在地下穿行。”

大家坐上去后，地铁立刻向前开动，两边几乎没有风景。灿对蝶说：“没有风景，我们先养精蓄锐。”

经过漫长的颠簸，蝶听见小男孩在欢呼：“我们又可以继续旅程了。”灿补充道：“这是小主人他们在转车。”

菁打个哈欠说：“没什么意思，我想睡觉了。”

到了晚上，大家在新的列车上再次前进。

吃过晚餐后，太累了，小男孩早早地睡下了，他的父亲因为肚子疼去厕所了。

座位上只剩下了三只乌龟和装它们的盒子。

活动了一会儿，聊了一会儿天，充满对未来的期待，它们就陆续爬进洞，开始睡觉。

早上，灿醒来了，却发现列车正经过一条大江。它饶有兴趣地把头伸了出去，看着美丽的江景。蝶和菁在休息，灿昂头想了很久的心事。

有了心事，时间就变得慢吞吞了。

过了很久，它漫不经心地往窗外看，却发现外面还是那条仿佛一成不变的大江，灿想起了小男孩叫它长江。

昏昏欲睡的时候，不知道过了多久，蝶醒了，菁和灿都觉得胃口不太好，它们勉强把小主人喂的食物吃完。

过了一山又一山，蹚过一水又一水。三只乌龟轮流休息，当菁值班的时候，它感觉到列车居然在海上前进了！

它赶紧把灿和蝶叫醒，让它们一起来看这壮观的奇迹。

小男孩正在非常兴奋地叫喊着："我们的列车在大轮船上渡海！"

此时，天上，随处都可以看见一些洁白的、十分美丽的鸟儿往碧蓝色的海水里俯冲，它们在抓鱼。灿眼尖，甚至看见了那海水里还有一种乌龟在遨游，不过体形非常大，但看起来非常温和，墨绿色十分漂亮。那正是巴西龟的远房亲戚——大海龟。

这就是一片汪洋大海，浩瀚广阔。

早晨的阳光洒在车厢的玻璃窗上，显得格外美好。

整个海洋宽阔无比，非常美丽，海风吹拂着，波浪起伏着，永不停息。

/第二十三章/

美丽的海滨城市

时光在流逝，目的地越来越近。

当渡海完成，列车开始新的旅途。海洋早已被抛在身后，终点站终于到了的时候，就像一个疲惫不堪的人长长地打了个哈欠才停下了沉重的身躯。

小男孩的父亲把行李箱搬了出来，带着三只乌龟，与列车站渐行渐远。

在路边等了一会儿，他们等来一辆灿和蝶之前在亚马孙雨林看见并乘坐过的“会吃人的四轮怪物”。

小男孩在靠窗的位置坐下来，他很贴心地把盒子高举，这样乌龟们就可以看见外面的世界。

到了新的地方，有了新的风景，灿等不及要欣赏风景了，而蝶却打了个哈欠，缩起脖子休息，它昨天晚上没睡好。菁爬到灿的旁边，跟它一起看风景。

腥热的海风，穿过盒子的缝隙吹过灿和菁的面庞。灿很勇敢地面对，菁觉得不舒服，回去睡觉了，只剩下灿陪着小男孩享受着敞开的窗户所带来的热浪。

灿眯缝着眼睛，在舒适的环境下，慢慢地合上眼睛努力去睡觉，它想梦想成真却不知道到底要做什么样的美梦。

中途，他们又换乘了一趟车，这辆车更加闷热，也比前一辆更加矮小。

经过长时间的颠簸，这辆车开进了一个规模巨大的人类小区。

保安向这辆车敬礼的时候，蝶正好睁开它的小眼睛，微笑着看见了车外的景色。

仿佛到了另一个世界，一个童话般美好的世界。

进门之后，有几棵椰子树在风中摇曳。

椰子树甩动着长长的、迷人的叶子，蝶仿佛听见它们在说：我们是在保护你，是向你致敬者，我们传递着浓浓的爱意，还在疯狂地舞动，哪怕支离破碎！蝶，对这陌生之地产生了好感。

这就是为什么，这种坚挺的植物会被大量种植在庭院门口，大概是因为它坚韧的形态，椰子树的宗旨就在于守护这些人类的安全！

一转身，它又看见一栋栋欧式风格的楼房，高低不同，有的比较矮小，仿佛在巨人中立着，丝毫不减坚硬的风格；有的却很高大，志在冲天而起！

另外两只乌龟很兴奋，这些新房子给它们的印象很好。这里的空气清新、甜美，风景与其他地方完全不同。

/ 第二十四章 /

海滨度假屋

下了车，小男孩和他的爸爸在路上走着，乌龟们在盒子里面被晃动着，感觉天地都在摇动。

进了楼房，地板上铺着纹路十分清晰、十分美丽的大理石砖，他们又进入了那种会上下升降的电梯。

走过两个转角，小男孩显得十分激动，冲上前去敲响了标有“301”房间号的褐色木门。

门开了，是一位头发花白、精神矍铄的爷爷。

放下盒子，灿就从晃动中稳住了眼神。它看见小男孩冲了上去，抱着那位老人，说着分别许久再次重逢的喜悦话语。

房间里又出来了一个很有气质和风度的婆婆，她看见小男孩来了十分惊喜。这是外婆外公的家，也是小男孩这次旅行的目的地。

亲热了一会儿，小男孩就向沙发走去，他叫道：“老舅，我来看你了！”

那中年男人站了起来。舅舅笑眯眯地看着大家，一家人其乐融融。

小男孩把盒子悄悄地拿在背后，问其他的几位亲人：“你们猜，这回和我们一起来的还有谁？”小男孩的父亲一直在旁边微笑，在他和外公外婆说着问候的话语时，小男孩亮出了盒子。

当打开盒子的时候，三只乌龟不怕人而是伸长脖子很好奇地看着外面。

没过多久，门铃又响起了，不等小男孩的外婆反应，小男孩就奔过去，打开了家门。

“妈妈，怎么飞机的速度还没有火车快？你应该陪我们一起坐火车的！”小男孩大喊起来，他想妈妈了。

小男孩的妈妈回答道：“孩子，你又不是不知道，我在公司加班要晚一点出发，现在不是一家人团聚了吗？”

大家又接着寒暄了几句后，妈妈便叫上爸爸和外公，去门外搬一样东西。

进来的是一只大箱子，打开后，里面是稍微有一些凌乱的水箱！

三只乌龟都非常开心，那可是它们的大家园，它们实在是不想再住这个狭窄的小箱子了。

小男孩在爸爸妈妈的帮助下，花费了好长的时间，精心为宠物们布置好了一个热带水陆缸。

当天晚上，三只乌龟就欢天喜地搬进了美丽的新家，开始了崭新的生活。

/ 第二十五章 /

度假生活

鱼缸放在了客厅一个显眼的地方，这附近风景很好，而且，靠近阳台的这个位置，三只乌龟伸出头还能吹到清凉的夜风，看见外面的一弯明月，十分惬意。

夜深人静，等小主人的一家都睡觉了，乌龟们开始活跃起来。

“啊，要我说，这才是真正的度假！”躺在一截树根上的蝶懒洋洋地对灿说。

“现在好好地回想一下以前的旅行吧，但是不得不承认，这次旅行非常棒！”灿摇晃着脑袋说。

想了一下，菁看看四周也说：“我喜欢这里！又开始新的生活了。”它看见灿和蝶卿卿我我，也不嫉妒，它想：我也会有未来的幸福。

它向这里爬过来了，三只乌龟团结一致尽可能伸长脖子一起向外看去，几棵大树的树冠中间簇拥着一轮新月。

花香充满时空，和平带来的安全感让世界变得无比美丽。

过了几天，乌龟们的新奇感过去了，灿发现了新家的不足之处。

这里，唯一的缺点是白天闷热难当。

三只乌龟都很喜欢水陆缸中央一个看起来很隐密的洞穴。

所以，在该睡午觉的时候，它们只能在水里避暑，洞穴的门也被小主人敞开了。

乌龟们都不希望让主人看到这个秘密洞穴，这样很容易暴露它们的行踪。

可里面实在是太热了，所以不得不打开透透气。在背对着洞穴的那一段附近，有一截长长的、坚硬的而且适合乌龟待在上面休息的大树根立在那里。泡在水里的那一截是树根曾经的分杈，却不小心成了一个能让一只乌龟趴在那里乘凉的地方，那里刚好露出水面一小截，坐在那里把脚伸下去，搁在冰冷的水里，非常凉爽。

这截树根基本上是空心的，但是非常结实，那些空心的地方就像爬梯一样，能让腿脚不是非常灵活的乌龟们爬上去。上面又有一根分杈，菁就用树叶和小树枝搭建了一个小平台，灿与蝶在树桩另一端叼了几根木棍，在木棍的顶端又搭建了一个平台。两个错落有致的小平台之间有一根比较结实的树枝，它们一起在上面搭建了一层木板，从那里跳进水里，那一刻爽极了！

这片水域，两边都有一些石头或者木棍做的围墙，围墙外面的水底铺着细沙，而在这里，用的却是一种被人类称为“水草泥”的沙子，非常柔软的牛毛草，在那里漫步、休息，非常惬意。尤其是这截大树根非常巨大，被非常会享受生活的菁挖空了。里面空间也非常大，悬挂着三条灯笼形状的大海带，这里是避暑胜地。它又在这里加了两个吊床，最炎热的时候，它们就会在这里度过。

这截大树根的一端又被做成了一个用海带包裹捆绑的门，跟人类的木门一样，里面用一根细木棍锁着。如果乌龟都不在家的时候，想打开也很简单，用一种特制的细长木条从门缝关键的部分，也就是木棍处伸进去，把它钩开即可。

晚上，菁回洞穴时，拿回来一些食物和必需品。

灿与蝶从未睡过睡袋，最会享受生活的菁一次次让它们大开眼界。

睡袋十分绵软，轻轻摇晃着，它们惬意地进入了梦乡。

/ 第二十六章 /

回忆往昔

第二天清晨，有几只鸟儿歌唱着，阳光洒了进来。灿从睡梦中醒来，游了一个晨泳，轻松地甩了甩湿漉漉的身子，攀爬到属于它的观景台，就在那儿趴着，看着阳光渐渐变得刺眼，渐渐变得火辣辣了。

灿忽然有些失落，一阵凉风使得它头脑更加清醒。这突如其来的、无微不至的呵护来得太突然，以至于它还没完全准备好适应这一切。从离开亚马孙丛林，到现在水陆缸温馨的家，从那次两只乌龟的旅行，到暴雨、泥石流将它们相隔两地，再到认识雨蛙和江豚，然后它们就成了患难之交，就来到了人类世界，被小男孩不远千里带回了人类的家，认识了菁。

这一切就像做梦一样，很突然，它想，雨蛙和江豚一定很着急，很纳闷它们到哪儿去了，一定也为它们担心了。那个丛林的家，现在怎么样了，它是不是还一切完好？它童年的经历，还历历在目，那个家，跟它认识的蝶——它生命中最不可缺少的乌龟。

在硕大的水缸里，一只小小的乌龟，看着四周的环境：背后的人造小岛很美，却不及亚马孙丛林，动物们在野外嬉戏，在野外狂欢，这里再大，也是有边界的，在冰冷的玻璃内，还是会感觉有些压抑。

毕竟这里再美，它们也是住在水缸里，而不是真正生活在丛林里，这大概就是为什么灿明明有这么好的家，这么得天独厚的生活环境，这么宠爱它的小主人，却还是渴望到野外，去亚马孙丛林深处，一个不为人知的地方。

忽然，几滴细雨落下来，灿才发现沉寂了许久、躲藏了许久的喷雾。

人造雨越下越大，这种冰冷刺痛着它的每一个细胞，使它忽然间有些迷茫。

雨不再下了，一束阳光又忽然温暖着它，忽然有一种难言的悲伤涌上心头，一半是因为幸福，而另一半是因为思乡与失去朋友的悲伤。

它爬到顶处，纵身一跳！

水花飞溅着，也不能释然这种莫名的哀伤。

被浸湿的木桩上的水，逐渐一滴滴地滴落在缸里，被融化在水里，也消逝在水里。

灿背过身去，逐渐地下潜，行走在牛毛草地毯上。

它也不知道，它应该去哪儿。

过了一会儿，这一切都渐渐平息，水滴又回到了水的怀抱，只有牛毛草正在坚强地挺立起来，默默地替它感伤。

箭毒蛙和江豚，一个是生死关头搭救它的救命恩人，另一个，虽沉默无言却陪它走遍天涯海角。

时间消逝得很快，它看着身边，那些欢笑声，会逐渐被岁月所磨灭，会逐渐被岁月所遗忘。

时间消逝得太快了，还没有好好地品味这段友谊，品味苦与甜，品味那段辛酸，与那种欢乐。

现在，苦几乎逝去，苦在心里，也苦在身边，而欢乐，却在脑海回荡，在脑海盘旋，久久不愿离去，久久不愿被时间所埋没。

它们，还能相聚吗？灿在角落里黯然神伤。

到了中午，灿不想让同伴看出它的郁郁寡欢，暂时把这种惆怅抛在了脑后。它与蝶和菁一起玩耍。它们在沙滩玩沙，细细的浪涛十分调皮，时而退缩，时而冲锋，让龟捉摸不定，总是偷袭三只乌龟，却在它们浑然不觉的情况下悄悄流逝。

中午，小主人一家又要外出了。

“这，这是他们第几次出门了？也不带上我们。”

灿问道。

“其实，这只是第二次而已，你忘了吗？”

它的爱侣回答。

下午非常闷热，小主人忘了拉上阳台的防晒窗帘，再加上他早上刚刚给水缸换过水，但是把它摆放回去时，摆反了，于是，那座避暑胜地就沦为正对着阳台的“烤箱”了。三只乌龟不得不换地方，可洞里一直闷着，又太热了，而一直泡在水里也不是个办法，它们该怎么办呢？

灿望着这座小岛，有了个好主意。

在小岛背阴的那一面，小主人亲手买来种植的小小松树下，植物组成的一片小森林，遮挡住了阳光。

三只乌龟在那里摆上了三个小树墩，趴着歇凉。

菁拿来了一些田螺卵，那田螺卵像是果冻，十分绵软，入口即化，菁用杯子装着它们，又找来几根芦苇，用它来吸食。这就像是很多人吃鱼子酱那样，十分鲜美。

/第二十七章/

菁的来历

菁突然发问：“你们知道我是怎么来的吗？”

它说：“两三年前，在成都的郊区，有一位大叔，他是个乌龟养殖场的老板，水塘里有巴西红耳龟，而更多的是中华草龟，我的母亲，就在那里生活。当那位大叔发现了我的母亲和另外几只母龟有宝宝的时候，就把它们放到一个土池子里。我的母亲和另外几只母龟把蛋产在自己挖的洞里，我们就是在那里出生的！

“我破壳而出没多久，就被那位大叔装进了一个小盒子，里面有二三十只乌龟，有巴西红耳龟，也有中华草龟。

“我们这些幼龟就被一对老夫妇买走了。

“我们被他们带到了罗马假日广场，这里主要是卖文化艺术商品，十分热闹，只有这对老夫妇开的一家宠物店在卖宠物。这家宠物店有鱼，有兔子，有虎皮鹦鹉，当然还有我们乌龟。

“我们被挤放在一个玻璃缸里。

“我在那里待了两三天，直到小男孩，也就是我们现在的小主人和他妈妈来到这里。

“他问：‘老板，乌龟多少钱一只？明天学校要做跳蚤市场活动。’那个老爷爷回答：‘六块。’

“于是，小男孩从巴西龟缸里挑选了十只乌龟。

“可那些乌龟都是地地道道的巴西龟，他一直都没有选我们中华草龟！

“我有些失望，更有些生气，就想爬出玻璃缸。于是，我用爪子搭着缸壁，气冲冲地看着他。

“忽然，小男孩看见了我，被我严肃又认真的样子逗笑了，就问：‘妈妈，我能不能再买一只草龟？’小男孩的妈妈回答：‘可以，但是超出了计划，只能用你的零花钱哦！’

“于是，我被他装了起来，带回家，离开了那里。

“那十只巴西龟在跳蚤市场上被一抢而空，小主人把我留了下来！

“我住进了一个小玻璃缸里，而小主人开始鼓捣起一个看样子很久没用过的，有些脏的旧鱼缸。那鱼缸大概有一米长、六十厘米高、五十厘米宽，是一个非常大的鱼缸。

“他的动手能力很强，买来了许多树根、石头，以及一些人类用在鱼缸里的用具设备，还有很多很多沙子，甚至还有很多植物！

“我很好奇，那里会建成什么样子呢？一定很美，一定就像我内心的野性向往的原始丛林一样。

“我在小玻璃缸里大概住了两周，他才做好这个水陆缸，我看到时惊呆了！鱼缸中间是一座小岛，水湛蓝湛蓝的，在灯光的照耀下，岛上的植物生机勃勃地生长着。

“我乔迁新居，又进行了一番建设，挖掘出了现在的那个洞穴、那截大树根，以及我们现在正在聊天的地方。

“从我被小主人买回来，到大改造完成的那一天，近一个月的时间！之后，我就一直生活在这里了，一直没离开过。

“直到有一天，小主人把你们放了进来，我很高兴有同伴了。”

/第二十八章/

露台遇险（上）

傍晚，小主人一家回来了。

小主人还专门带回来了一些木头与树桩，并且把它们洗干净后在水陆缸里摆弄了一番。

小主人刚离开没多久，三只乌龟立马奔向小主人用树桩在小岛周围开阔处建造的新地盘。

那里主要是细树枝，非常密集的水草种植在那里，一端是那座小岛，而另一端是主人捡来的青龙石。树枝之间的缝隙完全能让乌龟们穿行。三只乌龟在那里玩了好一会儿，直到主人把食物拿来，它们才循着香味儿离开了那里。今天的食物还是牛肉干，不过这回稍微有些硬，有些难以下咽。

吃完饭后，灿正舒适地趴在沙地上休息的时候，小主人来了，并拿出抄网，把它和另外两只乌龟网了起来，再用手指轻轻地托着龟背，把它们放在阳台上。

可是，在黑暗的地方，忽然出现了一双眼睛，又随后消失。可三只乌龟不知道，还在那里探索，探索一片新天地。

黑暗中是什么呢？只听得见那种令人厌恶的吱吱声，是一只老鼠。它饿了，它好不容易找到三道可口的点心，眼里露出了一丝嗜血的本性！

它慢慢地靠近小乌龟，乌龟们还是没有发现它。罪恶的种子在老鼠心中发芽，也可以说是弱肉强食的本性促使它酝酿新的计划，更快、更高效地获取食物。

毕竟，那是生命延续的本能啊。

灿正在独自玩耍，独自探索着摆放在阳台边角上一盆绿萝的时候，突然，它咕咚一声栽了进去，弄得浑身是土，显得很脏。就在这个时候，它突然发现植物中好像有什么东西在动。它很紧张地慢慢向前，拨开阻止它的叶片，映入眼帘的只是一只小蚱蜢，而且那受惊的蚱蜢在灿反应过来的时候就已经跳开了。

灿又试图探索了一会儿，才吃力地爬出了花盆，谁知，又爬到了秋千上面！

菁这个时候正趴在休闲椅的转角处。它觉得那里让它很有安全感，就爬到里侧去。可是，过了一会儿菁惊叫着爬了出来，离开了这里，一只蜘蛛在可怜的菁头顶吐出了许多蜘蛛丝。

“啊啊啊，天哪，太恶心了！不行，水在哪里？太恶心了！”

它四处找寻，却没有找到任何一点水。它很愤怒，一只小小的蜘蛛居然把它弄得这样狼狈，这是它从来没有体验过的！它烦躁地抓挠着，想把蜘蛛丝弄掉，不料，越缠越紧，越缠越宽，本来只是缠着头部，现在全身都是蜘蛛丝。

“蝶？蝶？”菁大声叫道，“你在哪儿啊！快来帮我！”

这时候，屋子里正在放音乐呢，小男孩在卧室里优哉游哉地玩着电脑，很享受。蝶根本没听到菁的呼救，也根本不知道发生的这一幕。

灿觉得秋千很好玩，就在上面爬来爬去，却不小心又掉到另一个花盆里。花盆里原来种植了两株植物，可现在只剩一株了，原来那株植物长得很茂盛，所以主人把它移走了。但是，原来那株植物遗留在这里的蓬勃根须，反而阻挡了灿活动的范围。

这时，只剩下了菁一个，但是它不知道现在另外两只乌龟身在何处，一只在陶醉地听音乐，另一只脑袋不小心卡在洞里了，而且它的位置在墙角，所以根本没有看见这一切。

/ 第二十九章 /

露台遇险（下）

这时候，菁忽然觉得身后有一阵阴风，心头升起了一种不祥的感觉，回头一看，却见一只龇牙咧嘴的老鼠吼叫着扑了上来！

菁被吓得大叫，把头缩进壳里。这时，老鼠用两颗门牙猛地击中了壳，并没有造成很大伤害，然后，趁老鼠换气的时候，菁猛然伸出四肢，疯狂地爬走了。乌龟其实速度并不慢，它们给人留下动作慢的印象是因为平时不需要那么快，就可以很好地生活，而在这种威胁下，它们爆发出来的速度是非常惊人的！

可是，它没跑出几步，老鼠愚笨的脑袋就反应过来了，对准逃跑的乌龟又冲刺过去。乌龟爬得很快，老鼠的速度更快，没过一会儿，可怜的菁就被老鼠的爪子按住了！

它一边拼命挣扎一边伸长脖子，对准老鼠的一根脚趾，狠狠地咬上一口！

老鼠捂着指头，睁大眼睛看着流血的断指，更加愤怒了，不讲节奏地狠狠击打着菁的外壳。菁虽然是一只甲壳类动物，有着坚硬的盔甲保护，但是在重击下，也支撑不住了。因为乌龟的壳属于身体的一部分，乌龟也没办法脱开壳，甚至可以说，乌龟的壳就是乌龟的一块骨头，所以，它疼痛不已，发出一声声呻吟。

它大叫道："啊！救命啊！快来救我！"

却没有任何回应，那是因为灿听到菁的呼救却无能为力——它心急火燎地向上爬，却被一截树根彻底困住了，动弹不得。而且，因为房门关得很死，蝶为了更近距离地听音乐，就径直爬到了小男孩的身旁。小男孩发现后，把它放在床上，让它一起听音乐，这样，它怎么可能听得见呼救声呢？

菁咬紧牙关，它终于明白了，这时候能救它的只有自己！

它趁着老鼠发动进攻的间隙，对着老鼠的左眼用力咬去，并且趁机逃了出来，躲到了草丛里去。

老鼠哀号着，独眼龙的它旋转着，搜寻菁的踪迹。

它浑浊的右眼旋转了几圈，也没发现什么。这时候，它的尾巴在草丛里，躲在这里的菁看见了，就趁它不注意狠狠地把它的尾巴咬断了一截，然后，老鼠痛得滚到旁边。

终于，它放弃了这场狩猎，狼狈地跑进了下水道。

菁望着地上的血迹和狼狈而去的老鼠，感慨万千。

它向来处爬去，碰巧看见了正在挣扎的灿。

菁立马爬到那座靠近小主人卧室的花台，找准位置，两只手抓住灿的背甲，用力拽，结果，用力过猛，害得两只乌龟都飞了出去，摔在地上，来了个四脚朝天。

灿伸出脑袋，努力地想要伸出头来，却爬不起来。它本来想借助树根爬起来，却发现它们俩相隔很远。灿很努力地想把菁抓过来，或者向菁靠拢，但都失败了。因此，它们只能这么狼狈地躺在地上，一直等着，等到小主人来救它们。

过了半个多小时，这段难熬的时光才彻底结束。蝶从来没听过这么好听的声音，就在小主人的床上待了很久，直到小主人的小电脑没电了，小主人准备送蝶回水陆缸，碰巧看见了两只四仰八叉的乌龟。

它们被冲洗后，就重新回到了缸里。

/ 第三十章 /

重逢希望

灿左右摇晃着，一边在水中上下冲刺，一边继续清洗身上剩余的污垢。

经历了这种久违的危险，灿只能承认——它的身子不像以前那么灵活了，动作也不像以前那么矫健了。

尽管它心有余悸，但这一切都将过去。

小主人的暑假时间比想象的长好几倍，日子一天天过下去，它们一天天慵懒地生活着。

直到有一天，有什么打破了这种宁静。那天晚上，灿在避暑胜地的海藻睡袋里睡觉，可是，蒙眬中，它听见小主人正在和他的母亲商量明天的出游计划："老妈……明天去哪儿？"

"明天我们要去参观一个从巴西远赴三亚的大型科研所，那里有许多巴西独有的小动物！"

"有什么？有什么动物在那里？"

"听那儿的工作人员说，里面大多数是来自亚马孙雨林的动物，有许多珍稀鱼类，如南美牙鱼、泰庞海鲢、尖吻鲈、江豚，甚至还有你朝思暮想的箭毒蛙！”

“太棒了！终于能亲眼见到箭毒蛙了！”

灿爬出睡袋，只看见小主人兴奋地蹦跳着，蹿进了房间。他的妈妈把灯关上，合上阳台门，也回屋休息了。

“亚马孙雨林，箭毒蛙？珍稀鱼类江豚？”

它似懂非懂，联想到什么东西。

它带着疑问睡觉了，念头却回荡在脑海里。

只是它努力地翻阅已经失落许久的过往记忆，才恍然大悟。

它不敢确定，甚至还认为不可能这么凑巧，这不可能，但是，一种奇怪的感觉依然久久盘旋。

“希望是吧！”第二天凌晨，蝶听见灿对它的诉说，回答道。

清晨的阳光从落地窗投射进来，照耀着这座小岛，照耀着整个水陆缸，照耀着整个客厅。

以及它们，两只幸福地生活在回忆从前与憧憬未来之中的乌龟。

两只巴西龟迎着阳光望向窗外。

/ 后记 /

儿子的开山之作杀青了，那一刻，我潸然泪下。儿子两年笔耕，孤战一隅，未曾仰仗我之助力，字字句句废寝忘食，涓涓细流竟汇聚为12万字的文字汪洋！是年，儿子12岁！然我之12岁，才刚刚动笔写日记，儿子与我竟有霄壤之别！我甚为欣慰！

儿子识字很早，喜欢跟爷爷抢报纸，并伴随着家人们的哈哈大笑声而饶有兴趣地大声朗读。

4岁多，在书店见到我的第一本书《借贷》时，儿子立刻兴奋地嚷道：“天哪，这是我老爸的书，《借货》！”我笑说，是“借贷”非“借货”！儿子眨了眨眼也开心地笑起来……

5岁的一天，稚嫩的儿子不无老练地说：“爸爸，小说应该是这样写的啊！”他指着一幅浩渺梦幻的海景图，准确无误地说出了小说男女主人公的姓名后，绘声绘色、一气呵成编了一段与原作迥异的、更为新颖的、充满童趣的新故事。那一刹那，我意识到，未来，儿子绝对会超越我的！

孩子不是父亲的复印件，每一个孩子都很了不起，儿子尤然。

儿子告诉我：将来，我们不仅是父子作家，我还会让您的孙子也写书。对此，我回答道：“每一个父亲都将会被他的儿子打败，因为至少时间和时代会成就你，而我则会尽可能变得更加优秀，让你必须花费更长时间、经过更高难度的历练方能超越父亲。”

父，吕志刚，谨以此纪念儿子的第一部作品问世。

吕志刚，笔名“资本之鹰”，著有国内首部民间金融题材《借贷》《资本》《金融》等系列畅销小说

图书在版编目（CIP）数据

蚁幻 / 吕思岑著 . — 北京：文化发展出版社有限公司，2018.11

ISBN 978-7-5142-2462-7

Ⅰ . ①蚁… Ⅱ . ①吕… Ⅲ . ①长篇小说—中国—当代 Ⅳ . ① I247.5

中国版本图书馆 CIP 数据核字（2018）第 249967 号

蚁幻

著　　者：吕思岑

责任编辑：肖润征
产品经理：王晓坤
特约编辑：李　彤
出版发行：文化发展出版社（北京市翠微路 2 号　邮编：100036）
网　　址：www.wenhuafazhan.com
经　　销：各地新华书店
印　　刷：三河市冀华印务有限公司

开　　本：880mm × 1230mm 1/32
字　　数：210 千字
印　　张：9
印　　次：2018 年 12 月第 1 版　2018 年 12 月第 1 次印刷
定　　价：36.50 元
I S B N：978-7-5142-2462-7